孟繁华　主编

年百部篇正典

永远有多远 铁凝
神木 刘庆邦
玄白 吴玄

北方联合出版传媒(集团)股份有限公司
春风文艺出版社
·沈阳·

图书在版编目（CIP）数据

永远有多远 / 铁凝著. 神木 / 刘庆邦著. 玄白 /
吴玄著. —沈阳：春风文艺出版社，2018.7
（2022.1重印）
（百年百部中篇正典 / 孟繁华主编）
ISBN 978 - 7 - 5313 - 5484 - 0

Ⅰ. ①永… ②神… ③玄… Ⅱ. ①铁… ②刘… ③吴
… Ⅲ. ①中篇小说 — 小说集 — 中国 — 当代 Ⅳ.
①I247.5

中国版本图书馆CIP数据核字（2018）第129234号

北方联合出版传媒（集团）股份有限公司
春风文艺出版社出版发行
http://www. chunfengwenyi. com
沈阳市和平区十一纬路25号　邮编：110003
北京一鑫印务有限责任公司印刷

选题策划：单瑛琪　　　　　　责任编辑：张玉虹
封面设计：琥珀视觉　　　　　责任校对：于文慧
印制统筹：刘　成　　　　　　幅面尺寸：145mm × 210mm
字　　数：147千字　　　　　印　　张：6
版　　次：2018年7月第1版　印　　次：2022年1月第4次
书　　号：ISBN 978-7-5313-5484-0
定　　价：30.00元

百年中国文学的高端成就

——《百年百部中篇正典》序

孟繁华

从文体方面考察，百年来文学的高端成就是中篇小说。一方面这与百年文学传统有关。新文学的发轫，无论是1890年陈季同用法文创作的《黄衫客传奇》的发表，还是鲁迅1921年发表的《阿Q正传》，都是中篇小说，这是百年白话文学的一个传统。另一方面，进入新时期，在大型刊物推动下的中篇小说一直保持在一个相当高的水平上。因此，中篇小说是百年来中国文学最重要的文体。中篇小说创作积累了极为丰富的经验，它的容量和传达的社会与文学信息，使它具有极大的可读性；当社会转型、消费文化兴起之后，大型文学期刊顽强的文学坚持，使中篇小说生产与流播受到的冲击降低到最低限度。文体自身的优势和载体的相对稳定，以及作者、读者群体的相对稳定，都决定了中篇小说在消费主义时代能够获得绝处逢生的机缘。这也让中篇小说能够不追时尚、不赶风潮，以"守成"的文化姿态坚守最后的文学性成为可能。在这个意义上，中篇小说很像是一个当代文学的"活化石"。在这个前提下，中篇小说一直没有改变它文学性的基本性质。因此，百年来，中篇小说成为各种文学文体的中坚力量并塑造了自己纯粹的文学品质。中篇小说因此构成百年文学的奇特景观，使文学即便在惊慌失措的"文化乱世"中也取得了令人瞩目的艺术成就，这在百年中国的文化语境中不能不说是一个奇迹。作家在诚实地寻找文学性的同时，也没有影响他们对现实事务介入的诚恳和热情。无论如何，百年中篇小说代表了百年中国文学的高端水平，它所表达的不同阶段的理想、追求、焦虑、矛盾、彷徨和不确定性，都密切地联系着百年中国的社会生活和心理经验。于是，一个文体就这样和百年中国建立了如影随形的镜像关系。它的全部经验已经成为我们最重要的文学财富。

编选百年中篇小说选本，是我多年的一个愿望。我曾为此做了多年准备。这个选本2012年已经编好，其间辗转多家出版社，有的甚至申报了国家重点出版基金，但都未能实现。现在，春风文艺出版社接受并付诸出版，我的兴奋和感动可想而知。我要感谢单瑛琪社长和责任编辑姚宏越先生，与他们的合作是如此顺利和愉快。

入选的作品，在我看来无疑是百年中国最优秀的中篇小说。但"诗无达诂"，文学史家或选家一定有不同看法，这是非常正常的。感谢入选作家为中国文学付出的努力和带来的光荣。需要说明的是，由于版权和其他原因，部分重要或著名的中篇小说没有进入这个选本，这是非常遗憾的。可以弥补和自慰的是，这些作品在其他选本或该作家的文集中都可以读到。在做出说明的同时，我也理应向读者表达我的歉意。编选方面的各种问题和不足，也诚恳地希望听到批评指正。

是为序。

2017年10月20日于北京

目 录

永远有多远

铁　凝

你在北京的胡同里住过吧？你曾经是北京胡同里的一个孩子吧？胡同里那群快乐的、多话的、有点儿缺心少肺的女孩子你还记得吧？

我在北京的胡同里住过，我曾经是北京胡同里的一个孩子。胡同里那群快乐的、多话的、有点儿缺心少肺的女孩子我一直记着。我常常觉得，要是没了她们，胡同还能叫胡同吗？北京还能叫北京吗？我这么说话会惹你不高兴——什么什么？你准说。是呀，如今的北京已不再是从前，她不再那么既矜持又恬淡、既清高又随和了。她学会了拥抱，热热闹闹、亦真亦假的拥抱，她怀里生活着多少北京之外的人哪。胡同里那些带点儿咬舌音的、嘎嘣利落脆的贫北京话也早就不受待见了——从前的那些女孩子，她们就是说着这样的一口贫北京话出没在胡同里的。她们头发干净，衣着简朴（却不寒酸），神情大方，小心眼儿不多，叫人觉得随时都可能受骗。二十多年过去了，每当我来到北京，在任何地方看见少女，总会认定她们全是从前胡同里的那些孩子。北京若是一片树叶，胡同便是这树叶上蜿蜒密布的叶脉。要是你在阳光下观察这树叶，会发现它是那么晶莹透亮，因为那些女孩子就在叶脉里穿行，她们是一座城市的汁液。胡同为北京城输送着她们，她们使北京这座精神的城市肌理清明，面庞润泽，充满着温暖而可靠的肉感。她们也使我永远地成为北京一名忠实的观众，即使再过一百年。

当我离开北京，长大成人，在B城安居乐业之后，每年都有一些机会回到北京。我在这座城市里拜访一些给孩子写书的作家，为我的儿童出版社搜寻一些有趣的书稿，也和我的亲人们约会，其中与我见面最多的是我的表妹白大省（音xǐng）。白大省经常告诉我一些她自己的事，让我帮她拿主意，最后又总是推翻我的主意。她在有些方面显得不可救药，可我们还是经常见面，谁让我是她表姐呢。

现在，这个六月的下午，我坐在出租车上，窗外是迷蒙的小雨。我和白大省约好在王府井的世都百货公司见面，那儿离她的凯伦饭店不远。她大学毕业后就分配在四星级的凯伦，在那儿当过工会干事，后来又到销售部做经理。有一回我对她说，你不错呀刚到销售部就当领导。她叹了口气说哪儿啊，我们销售部所有的人都是经理，销售部主任才是领导呢，主任。我明白了，不过这种头衔印在名片上还是挺唬人的：白大省，凯伦饭店销售部经理。

出租车行至灯市西口就走不动了，前方堵车呢。我想我不如就在这儿下来吧，"世都"已经不远。我下了车，雨大了，我发现我正站在一个胡同口，在我的脚下有两级青石台阶；顺着台阶向上看，上方是一个老旧的灰瓦屋檐。屋檐下边原是有门的，现在门已被青砖砌死，就像一个人冲你背过了脸。我迈上台阶站在屋檐下，避雨似的。也许避雨并不重要，我只是愿意在这儿站会儿。踩在这样的台阶上，我比任何时候都更清楚我回到了北京，就是脚下这两级边缘破损的青石台阶，就是身后这朝我背过脸去的陌生的门口，就是头上这老旧却并不拮据的屋檐使我认出了北京，站稳了北京，并深知我此刻的方位。"世都""天伦王朝""新东安市场""老福爷""雷蒙"……它们谁也不能让我知道我就在北京，它们谁也不如这隐匿在胡同口的两级旧台阶能勾引出我如此细碎、明晰的记忆——比如对凉的感觉。

从前，二十多年前那些夏日的午后，我和我的表妹白大省经常奉我们姥姥的吩咐，拎着保温瓶去胡同南口的小铺买冰镇汽水。我们的胡同叫驸马胡同，胡同北口有一个副食店，店内卖糕点罐头、油盐酱醋、生熟肉豆制品、牛羊肉鲜带鱼。店门外卖蔬菜，蔬菜被售货员摆在淡黄色竹板拼成的货架上，夜里菜们也那么摆着不怕被人偷去。干吗要偷呢？难道有人急着在夜里吃菜吗？需要菜，天一亮副食店开了门，你买就是了。胡同南口就有我说的那个小铺。如果去北口副食店，我们一律简称"北口"；要是去南口小铺，我们一律简称"南口"。

"南口"其实是一个小酒馆，台阶高高的，有四五级吧，让我常常觉得，如果你需要登这么多层台阶去买东西，你买的东西定是珍贵的。南口不卖油盐酱醋，它卖酒、小肚、花生米和猪头肉，夏天也兼卖雪糕、冰棍和汽水。店内设着两张小圆桌，铺着硬挺的、脆得像干粉皮一样的塑料台布的桌旁，永远坐着一两位就着花生米或小肚喝酒的老头儿。我觉得我喜欢小肚这种肉食就是从"南口"开始的。你知道小肚什么时候最香吗？就是售货员将它摆上案板，操刀将它破开切成薄片的那一瞬间。快刀和小肚的摩擦使它的清香噗地迸射出来，将整间酒馆弥漫。那时我站在柜台前深深吸着气，我坚信这是世界上最好闻的一种肉。直到售货员问我们要买什么时，我才回过神儿来。"给我们拿汽水!"这是当年北京孩子买东西的开场白，不说"我要买什么"，而说"给我们拿……""给我们拿汽水!""冰镇的还是不冰镇的?""给我们拿冰镇的，冰镇杨梅汽水!"我和白大省一块儿说，并递上我们的保温瓶。我已从小肚的香气中回过神儿来了，此时此刻和小肚的香气相比，我显然更渴望冰凉甘甜的杨梅汽水。在切小肚的柜台旁边有一台白色冰柜，一台盛着真冰的柜。当售货员掀开冰柜盖子的一刹那，我们及时地奔到了冰柜跟前。嗬，团团白雾样的冷气冒出来，犹如小拳头一般打在我们的脸上痛快无比，冰柜里有大块大块的白冰，一瓶瓶红色杨梅汽水就东倒西歪地埋在冰堆里。售货员把保温瓶灌满汽水，我和白大省一出小酒馆，一走下酒馆的台阶——那几级青石台阶，就迫不及待地拧开保温瓶的盖子。通常是我先喝第一口，虽然我是白大省的表姐。以后你会发现，白大省这个人几乎在谦让所有的人，不论是她的长辈还是她的表姐。这样，我毫不客气地先喝了第一口，那冰镇的杨梅汽水，我完全不记得汽水是怎样流入我的口中在我的舌面上滚过再滑入我的食道进入我的胃，我只记得冰镇汽水使我的头皮骤然发紧，一万支钢针在猛刺我的太阳穴，我的下眼眶给冻得一阵阵发热，生疼生疼。啊，这就是凉，这就叫冰镇。没有冰箱的时代人们知道什么是冰凉，冰箱来了，冰凉就失踪了。冰箱从来就没有制造出过刻骨的、针扎般的冰凉给我们。白大省紧接着也猛喝一大口，我看见她打了一个冷战，她的胖乎乎的胳膊上起了一层鸡皮疙瘩。她有点儿喘不过气似的对我说，她好像撒了一点儿尿出来！我哈哈笑着从白大省手中夺过保温瓶又喝了一大口，一万支钢针又刺向我的太阳穴，我的眼眶生疼生疼，人就顿时精神起来。我冲白大省一歪头，她跟着我在僻静的胡同里一溜小跑。我们的脚步惊醒了屋顶上的一只黄猫，是九号院的女猫妞妞，常串着房顶去找我们家的男猫小熊的。我们在地上跑着，妞妞在房顶上追着我们跑。妞妞哇，你喝过冰镇汽水吗？哼，一辈子你也喝不着。我们跑着，转眼就进了家门。啊，这就是凉，这就叫冰镇。

白大省从来也没有抱怨过在路上我比她喝汽水喝得多，为什么我从来也不知道让着她呢？还记得有一次为了看电影《西哈努克访问中国》，我和白大省都要洗头，水烧开了，我抢先洗，用蛋黄洗发膏。那是一种从颜色到形状都和蛋黄一样的洗发膏，八分钱一袋，有一股柠檬香味。我占住洗脸盆，没完没了地又冲又洗，到白大省洗时，电影都快开演了。姥姥催她，洗好头发的我也煞有介事地催她，好像她的洗头原本就是一个无理的举动。结果她来不及冲净头发就和我们一道看电影去了。我走在她后边，清楚地看到她后脑勺的一绺头发上，还挂着一块黄豆大的蛋黄洗发膏呢。她一点儿也不知道，一路晃着头，想让风快点儿把头发弄干。我心里知道白大省后脑勺上的洗发膏是我的错误，二十多年过去，我总觉得那块蛋黄洗发膏一直在她后脑勺上沾着。我很想把这件往事告诉她，但白大省是这样一种人：她会怎么也弄不明白这件事你有什么可对她不起的，她会扫你要道歉的兴。所以你还是闭嘴吧，让白大省还是白大省。

我就这样站在灯市西口的一条胡同里，站在一个废弃的屋檐下想着冰镇汽水和蛋黄洗发膏，直到雨渐渐停了，我也该就此打住，到"世都"去。

我在"世都"二楼的咖啡厅等待白大省。我喜欢"世都"的咖啡厅。临窗的咖啡座，通透的落地玻璃使你仿佛飘浮在空中，使你生出转瞬即逝的那么一种虚假的优越感。你似乎视野开阔，可以扬起下巴颏儿看远处夕阳照耀下的玻璃幕墙和花岗岩组合的超现实主义般的建筑，也可以压着眼皮看窗外那些出入"世都"的人流在脚下静静地淌。我的表妹白大省早晚也会出现在这样的人流里。

现在离约定时间还早，我有足够的时间在这儿稳坐。喝完咖啡我还可以去二楼女装区和四楼的家庭用品部转转，我尤其喜欢各种尺寸和不同花色的毛巾、浴巾，一旦站在这些物质跟前，便常有不能自拔之感。我要了一份"西班牙大碗"，这厚墩墩的大陶杯一端起来就显得比"卡布其诺"之类更过瘾。我喝着"西班牙大碗"，有一搭无一搭地看身边过往的逛"世都"的人，想起白大省告诉过我，她看什么东西都喜欢看侧面，比如一座楼，比如一辆汽车、一双鞋、一只闹钟，当然也包括人，一个男人或一个女人。白大省的这个习惯有点儿让我心里发笑，因为这使她显得与众不同。其实她有什么与众不同呢，她最大的与众不同就是永远空怀着一腔过时的热情，迷恋她喜欢的男性，却总是失恋。从小她就是一个相貌平平的乖孩子，脾气随和得要死。用九号院赵奶奶的话说，这孩子仁义着呢。

一

白大省在二十世纪七十年代初期，当她七八岁的时候，就被胡同里的老人评价为"仁义"。在二十世纪七十年代初期，这其实是一个陌生的、有点儿可疑的词，一个陈腐的、散发着被雨水沤黄的顶棚和老樟木箱子气息的词，一个不宜公开传播的词，一个激发不起我太多兴奋和感受力的词，它完全不像另外一些词给我的印象深刻。有一次我们去赵奶奶家串门，我读了她的孙女、一个沉默寡言的初中生的日记。当时她的日记就放在一个黑漆弓腿茶几上，仿佛欢迎人看似的。她在日记中有这样几句话："虽然我的家庭出身不好，但我的革命意志不能消沉……"是的，就是那"消沉"二字震撼了我，在我还根本不懂消沉是什么意思时，我就断定这是一个奇妙不凡的词，没有相当的学问，又怎能把这样的词运用在自己的日记里呢。我是如此珍视这个我并不理解的词，珍视到不敢去问大人它的含义。我要将它深埋在心，让时光帮助我靠近它明白它。白大省仁义，就让她仁义去吧。

白大省也确实是仁义的。她上小学一年级的时候，就曾经把昏倒在公厕里的赵奶奶背回过家（确切地说，应该是搀扶）。小学二年级，她就担负起每日给姥姥倒便盆的责任了。我们的姥姥不能用公厕的蹲坑，她每天坐在屋里出恭。我们的父母当时也都不在北京，那几年我们与姥姥相依为命。白大省小学三年级的时候，中国很多城市都在放映一部名叫《卖花姑娘》的朝鲜电影，这部电影使每一座电影院都在抽泣。我和白大省看《卖花姑娘》时也哭了，只是我不如她哭得那么专注。因为我前排的一个大人一边哭，一边痛苦地用自己的脊梁猛打椅子背，一副歇斯底里的样子。他弄出的响动很大，可是没有人抱怨他，因为所有的人都在忙着自己的哭。我左边那个大人，他两眼一眨不眨地盯着银幕，任凭泪水哗哗地洗着脸，一条清鼻涕拖了一尺长他也不擦。

我的右边就是白大省，她好像让哭给呛着了，一个劲儿打嗝儿。就是从看《卖花姑娘》开始，我才发现我的表妹有这么一个爱打嗝儿的毛病。单听她打嗝儿的声音，简直就像一个游手好闲的老爷们儿。特别当她在冬天吃了被我们称为"心里美"的水萝卜之后，她打的那些嗝儿啊，粗声大气的，又臭又畅快。"老爷们儿"这个比喻使我感到难过，因为白大省不是一个老爷们儿，她也不游手好闲。可是，就在《卖花姑娘》放映之后，白大省的同学开始管她叫"白地主"了，只因为她姓白，和《卖花姑娘》里那个凶狠的地主一个姓。有时候一些男生在胡同里看见白大省，会故意大声地说："白地主过来喽，白地主过来喽！"

这绰号让白大省十分自卑，这自卑几乎将她的精神压垮。胡同里经常游走着一些灰色的大人，那是一些被管制的"四类分子"。他们擦着墙根扫街，哈着腰扫厕所。自从看过《卖花姑娘》，白大省每次在胡同里碰见这些人，都故意昂头挺胸地走过，仿佛在告诉所有的人：我不是白地主，我和他们不一样！她还老是问我：哎，除了和白地主一个姓，你说我还有哪儿像地主哇？白大省哪儿也不像地主，不过她也从未被人比喻成出色的人物比如《卖花姑娘》里的花妮，那个善良美丽的少女。我相信电影《卖花姑娘》曾使许多年轻的女观众产生幻想，幻想着自己与花妮相像。这里有对善良、正义的追求，也有使自己成为美女的渴望。当我看完一部阿尔巴尼亚影片《宁死不屈》之后，我曾幻想我和影片中那个宁死不屈的女游击队员米拉长得一样，我唯一的根据是米拉被捕时身穿一件小格子衬衣，而我也有一件蓝白小格衬衣。我幻想着我就是米拉，并渴望我的同学里有人站出来说我长得像米拉。在那些日子里我天天穿那件小方格衬衣，矫揉造作地陶醉着自己。我还记住了那电影里的一句台词，纳粹军官审问米拉的女领导、那个唇边有个大黑痦子的游击队长时，递给她一杯水，她拒绝并冷笑着说："谢谢啦，法西斯的人道主义我了解！"我觉得这真是一句了不起的台词，那么高傲，那么一句顶一万句。我开始对着镜子学习冷笑，并经常引逗白大省与我配合。我让她给我倒一杯水来，当她把水杯端到我眼前时，我就冷笑着说："谢谢啦，法西斯的人道主义我了解！"

白大省哧哧地笑着，评论说"特像特像"。她欣赏我的表演，一点儿也没有因无意之中她变成了"法西斯"就生我的气，虽然那时她头上还顶着"白地主"的"恶名"。她对我几乎有一种天然生成的服从感，即使在我把她当成"法西斯"的时刻她也不跟我翻脸。"法西斯"和"白地主"应当是相差不远的，可是白大省不恼我。为此我常做些暗想：因为她被男生称作了"白地主"，日久天长她简直就觉得自己已经是个地主了吧？地主难道不该服从人民吗？那时的我就是白大省的"人民"。并且我比她长得好看，也不像她那么笨。姥姥就经常骂白大省笨：剥不干净蒜，反倒把蒜汁沤进自己指甲缝里哼哼唧唧地哭；明明举着苍蝇拍子却永远也打不死苍蝇；还有，丢钱丢油票。那时候吃食用油是要凭油票购买的，每人每月才半斤花生油。丢了油票就要买议价油，议价花生油一块五毛钱一斤，比平价油贵一倍。有一次白大省去北口买花生油，还没进店门就把油票和钱都丢了。姥姥骂了她一天神不守舍："笨，就更得学着精神集中，你怎么反倒比别人更神不守舍呢你！"姥姥说。

在我看来，其实神不守舍和精神集中是一码事。为什么白大省会丢钱和油票呢，因为九号院赵奶奶家来了一位赵叔叔。那阵子白大省的精神都集中在赵叔叔身上了,所以她也就神不守舍起来。这位姓赵的青年,是赵奶奶的侄子,外省一家歌舞团的舞蹈演员,在他们歌舞团上演的舞剧《白毛女》里饰演大春的。他脖颈上长了一个小瘤子,来北京做手术,就住在了赵奶奶家。"大春"是这胡同里前所未有的美男子,二十来岁吧,有一头自然弯曲的鬈发,乌眉大眼,嘴唇饱满,身材瘦削却不显单薄。他穿一身没有领章和帽徽的军便服,那本是"样板团"才有资格配置的服装。他不系风纪扣,领口露出白得耀眼的衬衫,洋溢着一种让人亲近的散漫之气。女人不能不为之倾倒,可与他见面最多的,还是我们这些尚不能被称作女人的小女孩。那时候女人都到哪儿去了呢,女人实在不像我们,只知道整日聚在赵奶奶的院子里,围绕着"大春"疯闹。那"大春"对我们也有着足够的耐心,他教我们跳舞,排演《白毛女》里大春将喜儿救出山洞那场戏。他在院子正中摆上一张方桌,桌旁靠一只略矮的杌凳,杌凳旁边再摆一只更矮的小板凳,这样,山洞里的三层台阶就形成了。这场戏的高潮是大春手拉喜儿,引她一步高似一步地走完三层"台阶",走到"洞口",使喜儿见到了洞口的阳光,惊喜之中,二人挺胸踢腿,做一美好造型。这是一个激动人心的设计,这是一个激动人心的场面,是我们的心中的美梦。胡同里很多女孩子都渴望着当一回此情此景中的喜儿。洞口的阳光对我们是不重要的,重要的在于我们将与这鬈发的"大春"一道迎接那阳光,我们将与他手拉着手。我们躁动不安地坐在院中的小板凳上等待着轮到我们的时刻,彼此妒忌着又互相鼓励着。这位"大春",他对我们不偏不倚,他邀请我们每人至少都当过一次喜儿。唯有白大省,唯有她拒绝与"大春"合作,虽然她去九号院的次数比谁都多。

　　为了每天晚饭后能够尽快到九号院去，白大省几次差点儿和姥姥发火。因为每天这时候，正是姥姥出恭的时刻。白大省必得为姥姥倒完便盆才能出去。而这时，九号院里《白毛女》的"布景"已经搭好了。啊，这真是一个折磨人的时刻，姥姥的屎拉得是如此漫长，她抽着烟坐在那儿，有时候还戴着花镜读大32开本的《毛主席语录》。这使她显得是那么残忍，为什么她一点儿也不理会白大省的心呢？站在一边的我，一边庆幸着倒便盆的任务不属于我，又同情着我的表妹白大省。"我可先走了"——每当我对白大省说出这句话，白大省便开始低声下气而又勇气非常地央求姥姥："您拉完了吗？您能不能拉快点儿？"她隔着门帘冲着里屋。她的央求注定要起反作用，就因为她是白大省，白大省应当是仁义的。果然门帘里姥姥就发了话，她说这孩子今天是怎么啦，有这么跟大人说话的吗？怎么养你这么个白眼儿狼啊，拉屎都不得消停……

　　白大省只好坐在外屋静等着姥姥，而姥姥仿佛就为了惩罚白大省，她会加倍延长那出恭的时间。那时我早就一溜烟似的跑进了九号院，我内疚着我的不够仗义，又盼望着白大省早点儿过来。白大省总会到来的，她永远坐在一个不起眼的角落，虽然她是那么盼望"大春"会注意到她。只有我知道她这盼望是多么强烈。有一天她对我说，赵叔叔不是北京户口，手术做完了他就该走了吧？我说是啊，很可惜。这时白大省眼神发直，死盯着我，却又像根本没看见我。我碰碰她的手说，哎哎，你怎么啦？她的手竟是冰凉的，使我想起了冰镇杨梅汽水，她的手就像刚从冰柜里捞出来的。那年她才十岁，她的手的温度，实在不该是一个十岁的温度，那是一种不能自已的激情吧，那是一种无以言说的热望。此时此刻我望着坐在角落里的白大省，突然很想让"大春"注意一下我的表妹。我大声说，赵叔叔，白大省还没演过喜儿呢，白大省应该演一次喜儿！赵叔叔——那鬈发的"大春"就向白大省走来。他是那么友好那么开朗，他向她伸出了一只手，他在邀请她。白大省却一迭声地拒绝着，她小声地嘟囔："我不，我不行，我不会，我不演，我不当，我就是不行……"这个一向随和的人，在这时却表现出了让人诧异的不大随和。她摇着头，咬着嘴唇，把双手背到身后。她的拒绝让我意外，我不明白她是怎么了，为什么她会拒绝这久已盼望的时刻。我最知道她的盼望，因为我摸过她的冰凉的手。我想她一定是不好意思了，我于是鼓动似的大声说你行你就行，其他几个女孩子也附和着我。我们似乎在共同鼓励这懦弱的白大省，又共同怜悯这不如我们的白大省。"大春"仍然向白大省伸着手，这反而使白大省有点儿要恼的意思，她开始大声拒绝，并向后缩着身子。她的脑门沁出了汗，她的脸上是一种孤立无援的顽强。她僵硬地向后仰着身子，像要用这种姿态证明打死也不服从的决心。这时"大春"将另一只手也伸了出来，他双臂伸向白大省，分明是要将她从小板凳上抱起来，分明是要用抱起她来鼓励她上场。我们都看见了赵叔叔这个姿态，这是多么不同凡响的一个姿态，白大省啊你还没有傻到要拒绝这样一个姿态的程度吧。白大省果然不再大声说"不"了，因为她什么也说不出来了，咕咚一声她倒在地上，她昏了过去，她休克了。

很多年之后白大省告诉我，十岁的那次昏倒就是她的初恋。她分析说当时她恨透了自己，却没有办法对付自己。直到今天，三十多岁的白大省还坚持说，那位赵叔叔是她见过的最好看的中国男人。长大成人的我不再同意白大省的说法，因为我本能地不喜欢大眼睛双眼皮的男人。但我没有反驳白大省，只是感叹着白大省这拙笨之至又强烈之至的"初恋"。那个以后我们再也未曾谋面的赵叔叔，他永远也不会知道，当年驸马胡同那个十岁的女孩子白大省，就是为了他才昏倒。他也永远不会相信，一个十岁的女孩子，当真能为她心中的美男子昏死过去。他们那个年纪的男人，是不会探究一个十岁的女人的心思的，在他眼里她们只是一群孩子，他会像抱一个孩子一样去抱起她们，他却永远不会知道，当他向她们伸出双臂时，会掀起她们心中怎样的风暴。他在无意之中就伤了胡同里那么多女孩子的心，当他和三号院西单小六的事情发生后，那些与他"同台"饰演喜儿的小女孩才知道，他其实从来就没有注意过她们，他倾心的是胡同里远近闻名的那个西单小六。为什么一个十岁的小女孩能为一个大男人昏过去呢，而西单小六，却几乎连正眼都不看一下那"大春"，就能弄得他神魂颠倒。

二

西单小六那时候可能十九岁，也可能十七岁，她和她的全家前几年才搬到驸马胡同。她们家占了三号院五间北房，北房原来的主人简先生和简太太，已被勒令搬到门房去住，谁让简先生中华人民共和国成立前开过药铺呢，他是个小资本家，而西单小六的父亲是建筑公司的一名木匠。

西单小六的父母长得矮小干瘪，可他们是多么会生养孩子呀，他们生的四男四女八个孩子，男孩子个个高大结实，女孩子个个苗条漂亮。他们是一家子粗人，搬进三号院时连床都没有，他们睡铺板。他们吃得也粗糙，经常喝菜粥，蒸窝头。可他们的饮食和他们的铺板却养出了西单小六这样一个女人。她的眉眼在姐妹之中不是最标致的，可她却天生一副媚入骨髓的形态，天生一股招引男人的风情。她的土豆皮色的皮肤光润细腻，散发出一种新鲜锯末的暖洋洋的清甜；她的略微潮湿的大眼睛总是半眯着，似乎是看不清眼前的东西，又仿佛故意要用长长的睫毛遮住那火热的黑眼珠。她蔑视正派女孩子的规矩：紧紧地编结发辫，她从来都是把辫子编得很松垮，再让两鬓纷飞出几缕柔软的碎头发，这使她看上去胆大包天，显得既慵懒又张扬，像是脑袋刚离开枕头，更像是跟男人刚有过一场鬼混。其实她很可能只是刚刷完熬了菜粥的锅，或者刚就着腌雪里蕻吃下一个金黄的窝头。每当傍晚时分，她吃完窝头刷完锅，就常常那样慵懒地在门口靠上一会儿，或者穿过整条胡同到公共厕所去。当她行走在胡同里的时候，她那蛊惑人心的身材便得到了最充分的展示。那是一个穿肥裆裤子的时代，不知西单小六用什么方法改造了她的裤子，使这裤子竟敢曲线毕露地包裹住她那紧绷绷的弹性十足的屁股。她的步态松懈，身材却挺拔，她就用这松懈和挺拔的奇特结合，给自己的行走带出那么一种不可一世的妖娆。她经常光脚穿着拖鞋，脚指甲用凤仙花汁染成恶俗的杏黄——那时候，全胡同、全北京又有谁敢染指甲呢，唯有西单小六。她就那么谁也不看地走着，因为她知道这胡同里没什么人理她，她也就不打算理谁。她这样的女性，终归是缺少女朋友的，可她不在乎，因为她有的是男朋友。她加入着一个团伙，号称西单纵队的，"西单小六"这绰号，便是她加入了西单纵队之后所得。究其本名，也许她应该被称为小六吧，她在兄弟姐妹中排行老六。"西单小六"的这个团伙，是聚在一起的十几个既不念书（也无书可念）、又不工作的年轻人，都是好出身，天不怕地不怕的，专在西单一带干些串胡同抢军帽、偷自行车转铃的事。然后他们把军帽、转铃拿到信托商店去卖，得来的钱再去买烟买酒。那个时代里，军帽和转铃是很多年轻人生活中的向往，那时候你若能得到一顶棉制栽绒军帽，就好比今日你有一件质地精良的羊绒大衣；那时候你的自行车上若能安一只转铃，就好比今日你的衣兜里装着一只小巧的手机。"西单小六"在这纵队里从不参加抢军帽、偷转铃，据说她是纵队里唯一的女性，她的乐趣是和这纵队里的所有的男人睡觉。她和他们睡觉，甚至也缺乏这类女人常有的功利之心，不为什么，只是高兴，因为他们喜欢她。她最喜欢让男人喜欢，让男人为她打架。

她的种种荒唐，自然瞒不过家人的眼，她的木匠父亲就曾将她绑在院子里让她跪搓板。这西单小六，她本该令她的兄弟姐妹抬不起头，可她和他们的关系却出奇的好。当她跪搓板时，他们抢着在父亲面前替她求情。她罚跪的时间总是漫长的，有时从下午能跪到半夜。每一次她都被父亲剥掉外衣，只剩下背心裤衩。兄弟姐妹的求情也是无用的，他们看着她跪在搓板上挨饿受冻，心里难受得不行。终于有一次，她的那些同伙，西单纵队的哥们儿知道了她正在跪搓板，他们便在那天深夜对驸马胡同三号搞了一次"偷袭"。他们翻墙入院，将西单小六松了绑，用条红白相间的毛毯裹住扛出了院子。然后，他们每人骑上一辆凤凰二八型锰钢自行车，再铆足了劲，示威似的同时按响各自车把上那清脆的转铃，紧接着就簇拥着西单小六在胡同里风一样地消失了。

那天深夜，我和白大省都听见了胡同里刺耳的转铃声，姥姥也听见了，她迷迷瞪瞪地说，准是西单小六他们家出事了。第二天胡同里就传说起西单小六被"抢"走的经过。这传说激起了我和白大省按捺不住的兴奋、好奇，还有几分紧张。我们奔走在胡同里，转悠在三号院附近，希望能从方方面面找到一点儿证实这传说的蛛丝马迹。后来听说，给西单纵队通风报信的是西单小六的三哥，西单小六本人反倒从不向她那些哥们儿讲述她在家里所受的惩罚。谁看见了他们是用条红白相间的毛毯裹走了西单小六呢，谁又能在半夜里辨得清颜色，认出那毛毯是红白相间呢？这是一些问题，但这样的问题对我们没有吸引力。我们难忘的，是曾经有这样一群男人，他们齐心协力，共同行动，抢救出了一个正跪在搓板上的他们喜爱的女人。而他们抢她的方式，又是如此地震撼人心。西单小六仿佛就此更添了几分神秘和奇诡，几天之后她没事人似的回到家中，又开始在傍晚时分靠住街门站着了。她手拿一支钩针，衣兜里揣一团白线，抖着腕子钩一截贫里贫气的狗牙领子。很可能九号院赵奶奶的侄子、那鬈发的"大春"就是在这时看见了西单小六吧，西单小六也一定是在这样的时候用藏在睫毛下的黑眼珠瞟见了"大春"。

这一男一女，命中注定是要认识的，任什么也不可阻挡。听赵奶奶跟姥姥说，那鬼迷心窍的"大春"手术早就做完了，单位几次来信催他回去，他理也不理，不顾赵奶奶的劝阻，竟要求西单小六嫁给他，跟他离开北京。西单小六嘻嘻哈哈地不接话茬儿，只是偷空跟他约会。后来，西单纵队的那伙人，就是在赵奶奶的后院把他俩抓住的。照例是个夜晚，他们照例翻墙进院，用毛毯将裸体的西单小六裹走了，又把那"大春"痛打一顿，以匕首威胁着将他轰出了北京。

胡同里有人传说，说这回西单纵队潜入赵奶奶家后院，是西单小六故意勾来的。她一挑动，男人就响应。她是多么乐意让男人在她眼前出丑哇。这传说若是真的，西单小六就显得有点儿卑鄙了。美丽而又卑鄙，想来该是伤透了"大春"的心。

赵奶奶哭着对姥姥说，真是作孽呀，咱们胡同怎么招来这么个狐狸精。姥姥陪着赵奶奶落泪，还嘱咐我们，不许去三号院玩，不许和西单小六家的人说话。她是怕我们学坏，怕我们变成西单小六那样的女人。

我就在这个时期离开了北京，回到了B城父母的身边。那时我的父母刚刚结束在一座深山里的五七干校的劳动，他们回家之后第一件事就是把我从姥姥家接回来，要我在B城继续上学。他们是那样重视与我的团聚，而我的心，却久久地留在北京的驸马胡同了。我知道胡同里那些大人是不会想念我这样一个与他们无关的孩子的，可我却总是专心致志地想念胡同里一些与我无关的大人：鬈发的"大春"，西单小六，赵奶奶，甚至还有赵奶奶家的女猫妞妞。我曾经幻想如果我变成妞妞，就能整日整夜与那"大春"在一起了，我还能够看见他和西单小六所有的故事。我听说西单纵队的人去赵奶奶家后院抓"大春"和西单小六时，妞妞在房顶上好一阵尖叫。她是喊人救命呢，还是幸灾乐祸地欢呼呢？而我想要变成妞妞，究竟打算看见"大春"和西单小六的什么故事呢？以我那时的年龄，我还不知道一个男人和一个女人在一起要做什么事。我的心情，其实也不是嫉妒，那是一团乱七八糟的惆怅和不着边际的哀伤。因为我没像白大省那样"爱"上赵奶奶的侄子，我也不厌恶被赵奶奶说成狐狸精的西单小六。我喜欢这一男一女，更喜欢西单小六。我不相信那天夜里她是有意让"大春"出丑，就算是有意让"大春"出丑又怎样？我在心里替她开脱，这时我也显得很卑鄙。这个染着恶俗的杏黄色脚指甲的女人，她开垦了我心中那无边无际的黑暗的自由主义情愫，张扬起我渴望变成她那样的女人的充满罪恶感的梦想。十几年后我看伊丽莎白·泰勒主演的《埃及艳后》，当看到埃及妖后吩咐人用波斯地毯将半裸的她裹住扛到恺撒大帝面前时，我立刻想到了驸马胡同的西单小六，那个大美人，那个艳后一般的人物，被男男女女口头诅咒的人物。

在很长的时间里我都没把对西单小六的感想告诉我的表妹白大省，我以为这是一个忌讳：当年是西单小六"夺"走了白大省为之昏过去的"大春"。再说，到了二十世纪八十年代初期，三号院那五间大北房又回到了住门房的简先生手中，西单小六一家就搬走了。她已经消失在驸马胡同，我又有什么必要一定要对白大省提起西单小六呢。直到有一次，大约两年前，我和白大省在三里屯一个名叫"橡木桶"的酒吧里见到了西单小六。她不是去那儿消遣的，如今她是"橡木桶"的女老板。

那是一间竭力模仿异国格调的小酒吧，并且也弥漫着一股异国餐馆里常有的人体的膻气和肉桂、香叶、咖喱等调料相混杂的味道。酒吧看上去生意不错，烛光幽暗，顾客很多——大都是外国人。墙上挂着些兽皮、弓箭之类，吧台前有两个南美模样的女歌手正弹着西班牙吉他演唱《吻我，吉米》。我就在这时看见了西单小六。尽管二十多年不见，在如此幽暗的烛光下我还是一眼就把她认了出来。我为此一直藐视那些胡编乱造的故事，什么某某和某某十几年不见就完全不认识了并由此引出许多误会什么的，这怎么可能呢，反正我不会。我认出了西单小六，她有四十多岁了吧，可你实在不能用"人老珠黄"来形容她。她穿一条低领口的黑裙子，戴一副葵花形的钻石耳环；她的身材丰满却并不臃肿，她依旧美艳并对这美艳充满自信；她正冲着我们走过来，她的行走就像从前在驸马胡同一样，步态悠然，她的神情只比从前更多了几分见过世面的随和。她看上去活得滋润，也挺满足，虽然有点儿俗。我对白大省说，嘿，西单小六。这时西单小六也认出了我们，她走到我们跟前说，从前咱们做过邻居吧。她笑着，要侍者给我们拿来两杯"午夜狂欢"——属于她的赠送。她的笑有一种回味故里的亲切，不讨厌，也没有风尘感。我和白大省也对西单小六笑着，我们的笑里都没有恶意，我们对她能一下子认出从前胡同里的两个孩子感到惊异。我们只是不知道怎样称呼她，只好略过称呼，客气又不失真实地夸赞她的酒吧。她开心地领受这称赞，并扬扬手叫过来一个正在远处忙着什么的宽肩厚背的年轻人，那年轻人来到我们面前，西单小六介绍说这是她的先生。

那个晚上我和白大省在"橡木桶"过得很愉快。西单小六和她那位至少小她十岁的丈夫使我们感慨不已。我们感叹这个不败的女人，谜一样的不败的女人。白大省就在那个晚上告诉我，她从来就没有憎恨过西单小六。她让我猜猜她最崇拜的女人是谁，我猜不着，她说她最崇拜的女人是西单小六，从小她就崇拜西单小六。那时候她巴望自己能变成西单小六那样的女人，骄傲，貌美，让男人围着，想跟谁好就跟谁好。她常常站在梳妆镜前，学着西单小六的样子松散地编小辫，再三扯两扯扯出鬓边的几撮头发。然后她靠住里屋门框垂下眼皮愣那么一会儿,然后她离开门框再不得要领地扭着胯在屋里走上那么几圈。她看着镜子里的自己,亢奋而又鬼祟,自信而又气馁。她是多么想如此这般地跑出家门跑到街上,当然她从来就没有如此这般地跑出过家门跑到过街上,也从没有人见过她模仿西单小六的怪样,包括我。

那个晚上我望着走在我身边显得人高马大的白大省,我望着她的侧面,心想我其实并不了解这个人。

三

我的这位表妹白大省,她那长大之后仍然傻里傻气的纯洁和正派,常常让我觉得是这世道仅有的剩余。在中学和大学里她始终是好学生,念大三时她还当过校学生会的宣传部长。她天生乐于助人,热心社会活动,不惜为这些零零碎碎的活动耽误学习。我窃想也许她本来就不太喜欢学习本身。她念的是心理系,有时候她会在上课时溜回宿舍睡大觉,不过这倒也没有妨碍她顺利毕业。她毕了业,进了四星级的凯伦饭店,后来就一直固定在销售部。在那儿得卖房,单凭散客和旅行社的固定客户是不够的,得主动出击寻找客源。她的目标是京城的合资、独资企业以及外国公司的代表处,她须经常在这些企业的写字楼里乱串,登门入室,向人家推销凯伦的客房,并许以一些优惠条件。凯伦的职员把这种业务形式统称为"扫楼"。听上去倒是有一种打击一大片的气势,扫视或者扫射吧,这可不是闹着玩儿的。我简直想不出白大省拿什么来作为她"扫楼"的公关资本,或者换个说法,白大省简直就没有什么赖以公关的优势。她相貌一般，一头粗硬的直短发，疏于打扮，爱穿男式衬衫。个子虽说不矮，但是腰长腿短，过于丰满的屁股还有点儿下坠，这使她走起路来就显得拙笨。可是她的"扫楼"成绩在她们销售部还是名列前茅的，凭什么呢白大省？难道她就是凭了由小带到大的那份"仁义"吗？凭了她那从里到外的一股子莫名其妙的待人的真情？

　　我领教过白大省待人的真情。那年她念大二，到我们B城一所军事指挥学院参加封闭式的大学生军训。军训结束时，我给她打电话，让她先别回北京，在B城留两天，到我家来住。那时我刚结婚，幸福得不得了，我愿意让白大省看看我的新家，认识我对她说过一百遍的我的丈夫王永。白大省欣然答应，在电话里跟王永姐夫长姐夫短的好不亲热。我们迎她进门，给她做了一大堆好吃的。回想起小时候在驸马胡同南口买冰镇汽水的时光，我还特意买来了小肚，这曾经是我和白大省小时候最爱吃的东西。我的父母——白大省的姨父和姨妈也赶来我家和我们一起吃饭。大家异口同声地说军训使白大省黑了，也结实了。话题由此开始，白大省就对我们说起了她的军训时光。毫无疑问她是无限怀恋这军训的，她详细地向我们介绍她每天的活动，从早晨起床到晚上睡觉，背包怎么打，迷彩服怎么穿，部队小卖部都卖些什么，她们的排长人怎么怎么好，对她们多么严格，可是大家多么服他的气，那排长是山东人，有口音，可是一点儿也不土，你们不知道他是多么有人情味儿啊，别以为他就会"立正""稍息""向右转"，就会个匍匐前进，就会打个枪什么的，那个排长啊，他会拉小提琴，会拉《梁祝》，噢，对了，还有指导员……

　　整整一顿饭，白大省沉浸在对军训的美妙回味中。她看不见眼前的饭菜，看不见我特意为她买来的小肚，看不见她的姨父姨妈，看不见她的姐夫王永，看不见我们明快、舒适的新家。除了军训、排长、指导员，她对一切都视而不见。此时此刻仿佛她身在何处、与谁在一起都是不重要的，哪怕你就是把她扔到街上，只要能允许她讲她的军训，她也会万分满足。到了晚上，白大省去卫生间洗澡时，我给她送进去一块浴巾，谁知这浴巾竟引得她把自己关在卫生间里哭了一声。我隔着门问她怎么啦怎么啦，她也不答话。一会儿，她红头涨脸、眼泪汪汪地出来了，她说我告诉你吧，我现在见不得绿颜色，什么绿颜色都能让我想起部队，想起解放军。话没说完，她把脸埋在那块绿浴巾里又哭起来，好像那就是她们排长的军服似的。

白大省这种不加克制的对几个军人的想念，实在叫人心烦，也使她看上去显得特别浑不知事。我不想再听她的军训故事，我也担心王永不喜欢我的这位表妹。第二天早饭后我提议和白大省上街转转，她还不知道 B 城什么样呢。白大省答应和我一起上街，可是紧接着她就问我附近有邮局吗，她说她昨天夜里给排长他们写了几封信，她要先去邮局把信发出去。她说告别时她答应了他们一回去就写信的，她说要说话算数。我说可是你还没有回到北京啊，她说在当地发信他们不是收到得更快吗——唉，这就是白大省的逻辑。幸亏不久以后驸马胡同发生了一系列变化，要不然她对亲人解放军的思念得持续到何年何月呀。

先是我们的姥姥去世了，姥姥去世前已经瘫痪了三年。姥姥一直跟着白大省的父母，也就是我的姨父和姨妈生活，可是因为姨父和姨妈二十世纪八十年代初才从外地调回北京，所以姥姥和白大省在一起的时间最长。在我的记忆里，她指责、呲打白大省的时间也就最长。特别当她瘫痪之后，她就把指责白大省当成了她生活中一项重要的乐趣。她指责的内容二十多年如一日，无非是我从小就听惯的"笨"哪、"神不守舍"什么的，而这些时候，往往正是白大省壮工似的把姥姥从床上抱上抱下给她接屎接尿的时候。白大省的弟弟白大鸣从不伸手帮一帮白大省，可是姥姥偏袒他，几个舅舅每月寄给姥姥的零花钱，姥姥全转赠给了白大鸣。白大鸣什么时候往姥姥床前一栖乎，姥姥就从枕头底下掏钱。有一次我对白大省说，姥姥这人最大的问题就是偏心眼儿，看把白大鸣惯的，小少爷似的。再说了，他要真是小少爷，你不还是大小姐吗。白大省立刻对我说，她愿意让姥姥护着白大鸣，因为白大鸣小时候得过那么多病。可怜的大鸣！白大省眼圈儿又红了，她说你想想，他生下来不长时间就得了百日咳；两岁的时候让一粒榆皮豆卡住嗓子差点儿憋死；三岁他就做了小肠疝气手术；五岁那年秋天他掉进院里那口干井摔得头破血流；七岁他得过脑膜炎；十岁他被同学撞倒在教室门口的台阶上磕掉了门牙……十一岁……十三岁……为什么这些倒霉事都让大鸣碰上了呢，为什么我一件都没碰上过呢，一想到这些我心里就一阵阵地疼，哎哟疼死我了……

白大省的这番诉说叫人觉得她一直在为自己是个健康人而感到内疚，一直在为她不像她的弟弟那么多灾多病而感到不好意思。我还有什么可说的呀，我再说下去几乎就成了挑拨他们姐弟的关系了，尽管我一百个看不上白大鸣。

姥姥死了，白大省哭得好几次都背过气去。我始终在猜想她哭的是什么呢，姥姥一生都没给过她好脸子，可留在她心中的，却是姥姥的一万个好。有一回她对我说，姥姥可是个见过大世面的老太太。那会儿，二十世纪七十年代末，商店的化妆品柜台刚出现指甲油的时候，白大省买了一瓶，姥姥就说，你得配着洗甲水一块儿买，不然你怎么除掉指甲油呢？白大省这才明白，洗指甲和染指甲同样重要。她又去商店买洗甲水，售货员说什么洗甲水，没听说过。白大省对我说，哼，那时候她们连洗甲水都不知道，可是姥姥知道。你说姥姥是不是挺见过世面？我心说这算什么见过世面，可我到底没说，我不想扫白大省的兴。我只是觉得一个人要想得到白大省的佩服太容易了。

姥姥死后，姨妈的单位——市内一所重点中学又分给他们一套两居室的单元房，属于教师的安居工程。全家做了商量：姨父姨妈带着白大鸣搬去新居，驸马胡同的老房留给白大省。从今往后，白大省将是这儿的主人，她可以在这儿成家立业，结婚生子（或女），永远永远地住下去。在寸土寸金的北京西城商业区，这是招人羡慕的。白大省就在这时开始了她的第二场恋爱（如果十岁那次算是第一场的话）。那时她念大四，她的很多同学都知道她有两间自己的房子。有时候她请一些同学来驸马胡同聚会，有时候外地同学的亲戚朋友也会在驸马胡同借住。同班男生郭宏的母亲来北京治病，就在白大省这儿住了半个月。后来，郭宏就和白大省谈恋爱了。郭宏是大连的家，这人我见过，用白大省的话说，"长得特像陈道明或者陈道明的弟弟"。这人话不多，很机灵，凭直觉我就觉得他不爱白大省。可我怎么能说服白大省呢，那阵子她像着了魔似的。你只要想一想她怀念军训的那份激情，就能推断出在这样的一场恋爱里她的情感会有怎样的爆发力。

四

那时候白大省经常问我，要是你和一个男人结婚，你是选择一个你们俩彼此相爱的呢，还是选择一个他爱你比你爱他更厉害的呢，还是选择一个你爱他比他爱你更厉害的呢？——当然，你肯定选择彼此相爱，你和王永就是彼此相爱。白大省替我回答。我问她会选什么样的，她说，也许我得选择我爱他比他爱我更……更……她没再往下说。但我从此知道，事情一开始她给自己制定的就是低标准，一个忘我的、为他人付出的、让人有点儿心酸的低标准。她仿佛早就有一种预感，这世上的男人对她的爱意永远也赶不上她对他们的痴情。问题是我还想接着残忍地问下去，问我自己，这世上的男人又有谁对白大省有过真的爱意呢？郭宏和白大省交朋友是想确定了恋爱关系毕业后他就能留在北京。我早就看出了这一层，我提醒她说郭宏在北京可没家，她说我们结了婚他不就有家了吗。

也许郭宏本是要与白大省结婚的，他们已经在一块儿过起了日子。白大省把伺候郭宏当成最大的乐事，她给他买烟，给他洗袜子，给他做饭，招一大帮同学在驸马胡同给他开生日聚会，让所有的人都知道他们的恋爱是认真的，是往结婚的路上走的那种。郭宏家的人来北京她是全陪，管吃管住还管掏钱买东西。她开始厚着脸皮跟家里多要钱，有一次为了给郭宏的小侄子买一只"沙皮狗"，她居然背着姨父和姨妈卖了家里一台旧电扇。真是何苦呢。可是忽然间，就在临近毕业时，郭宏又结识了学校一个日本女留学生，打那以后郭宏就不到驸马胡同来了。他是想随了那日本学生到日本去的，郭宏一好友曾经透露。这是一个打定了主意要吃女人饭的男人，当他能够去日本的时候，为什么还要留在北京呢。用不着留在北京，他就不必和白大省结婚。

直到今天我还记得白大省向我哭诉这一切时的样子，她膀眉肿眼，奓着头发，盘腿坐在她的大床上，咬着牙根（我刚发现白大省居然也会咬牙根）说我真想报复郭宏啊我真想报复他，让他留不成北京，让他回他们东北老家去！接着她便计划出一大串报复他的方式，照我看都是些幼稚可笑没有力量的把戏。说到激动之处她便打起嗝儿来，凄切而又嘹亮，像是历经了大的沧桑。可是，当我鼓动她无论如何也要出这口恶气时，她却不说话了。她把自己重重地往床上一砸，扯过一条被子，便是一场蒙头大睡。我看着眼前的这座“棉花山”，想着在有些时候，棉被的确是阻隔灾难的一件好东西，它能抵挡你的寒冷，模糊你的仇恨，缓解你的不安，掩盖你的哀伤。白大省在棉被的覆盖下昏睡了一天，当她醒来之后就再也不提报复郭宏的事了。遇我追问，她就说，唉，我要是有西单小六那两下子就好了，可我不是西单小六哇，问题是——我要真是西单小六也就不会有眼前这些事了。郭宏敢对西单小六这样吗？他敢！这话说的，好像郭宏敢对她白大省这样反倒是应当应分的。

白大省就在失去郭宏的悲痛之中迎来了她的毕业分配，在凯伦饭店，她开始了人生的又一番风景。她工作积极，待人热诚，除了在西餐厅锻炼时（去餐厅锻炼是每个员工进店之后的必修课）长了两公斤肉，别处变化不大。她还是像个学生，没有沾染大酒店假礼貌下的尖刻和冷漠之气。偶尔受了同事的挤对，她要么听不出来，要么哈哈一笑也就过去了。她赢了个好人缘，连更衣室的值班大妈都夸她：别看咱们饭店净漂亮妞儿，我还就瞧着白大省顺眼。多咱见了我们都打招呼，大妈长大妈短，叫得人心里热乎乎的。不怕您笑话呀，现如今我儿媳妇叫我一声妈都费老劲了，哎，我说白大省，今儿个你干吗往衬衫领子下头围一块小绸巾哪，绸巾不是该往脖子上系的吗……更衣室大妈不拿白大省当外人，逮着她就跟她穷聊。

　　过了些时候，白大省开始了她的又一次恋爱。这一回，对方名叫关朋羽，凯伦饭店客房部的，比白大省小一岁，个子和白大省差不多。他俩是在饭店圣诞晚会的排练时熟起来的，关朋羽演唱美声的《长江之歌》，白大省的节目是民歌《回娘家》。这首《回娘家》白大省大学时就唱熟了。她还有一个优点就是不怵台，这跟在学生会做过宣传部部长有关。只是在排练过程中她总是出一些小麻烦，比如当唱到"左手一只鸡，右手一只鸭，怀里还抱着一个胖娃娃"时，她理应先伸左手再伸右手，她却总是先伸右手后伸左手。麻烦虽不大，但让人看着别扭。那时坐在台下的关朋羽就悄悄地冲她打手势，提醒她"先左，先左"。白大省看见了关朋羽的手势，也听见了他的提醒，他的小动作使她心中涌起一种莫可名状的感动，也就像有了靠山有了仗恃一样地踏实下来，她遵照关朋羽的指示伸对了手——"先左"。到了后来，再遇排练，还没唱到"左手一只鸡，右手一只鸭"时她就预先把眼光转向了台下的关朋羽，有点儿像暗示，又有点儿像撒娇。她暗示关朋羽别忘了对她的暗示：我可快要出错儿了呀，你可别忘了提醒我呀。到了伸手的关键时刻，她其实已经可以顺利地"先左"了，可她却还假装着犹豫，假装着不知道她的手该怎么伸。台下的关朋羽果真就急了，他腾地向她伸出了左手。白大省就喜欢看关朋羽着急的样子，那不是为别人着急，那是专为她白大省一人的着急。白大省乐不可支，她的"调情"技巧到此可说是达到了一个小高潮——也仅此而已，她再无别的花招。

关朋羽和郭宏不同，他是一种天生喜欢居家过日子的男人，注意女性时装，会织毛衣，能弹几下子钢琴，还会铺床。第一次随白大省到驸马胡同，他就向她施展了来自客房部的专业铺床和"开床"技术。他似乎从未厌烦过他平凡的本职工作，甚至还由此养成了一种职业性的嗜好：看见床就想铺它、"开"它。他吩咐白大省拿给他一套床单被单，他站在床脚双手攥住床单两角，哗啦啦地抖开，清洁的床单波浪一般在他果断的动作下起伏涌动，瞬间就安静下来端正地舒展在床垫上。然后他替白大省把枕头拍松，请她在床边坐下，让她体味他的技术和劳动。他们——关朋羽和白大省，此刻就和床在一起，却谁也没有意识到他们能和这床发生点儿什么事情，叫人觉得铺床的人总是远离床的，就像盖房的人终归是远离房。白大省只从关朋羽脸上看到了一种劳动过后的天真和清静，没有欲望，也没有性。

他们还是来往了起来。饭店淘汰下一批家具，以十分便宜的价格卖给员工，三件套的织锦缎面沙发才一百二十块钱。白大省买了不少东西，从沙发、地毯、微波炉，到落地灯、小酒柜、写字台，关朋羽就帮她重新设计和布置房间。白大省想到关朋羽喜欢弹琴，还咬咬牙花五百块钱买了饭店一架旧钢琴（外带琴凳）。白大省向父母要钱或者偷着卖老电扇的时代过去了，她远不是富人，可她觉得自己也不算缺钱花。她在新布置好的房间里给关朋羽过了一次生日，这回她多了个心眼儿，不像给郭宏过生日那回请一堆人。这回她谁也没请，就她和关朋羽两个人。她从饭店西餐厅订了一个特大号的"黑森林"蛋糕，又买了一瓶价格适中的"长城干红"。那天晚上，他们吃蛋糕，喝酒，关朋羽还弹了一会儿琴。关朋羽弹琴的时候白大省就站在他身边看他的侧面。她离他很近，他的一只耳朵差不多快要蹭到她胸前的衣襟。他的耳朵红红的，像兔子。白大省后来告诉我，当时她很想冲那耳朵咬一口。关朋羽一直在弹琴，可是越弹越不知自己在弹什么。身边的一团热气阻塞了他的思维，他不知道是一直看着琴键，还是应该冲那团热气扭一下头，后来他还是冲白大省扭了一下头。当他扭头的时候，不知怎么的，他的头连同他那只红红的耳朵就轻倚在白大省的怀里了。这是一个让白大省没有防备的姿势，也许她是想双手搂住怀中这个脑袋的，可是她膝盖一软，却让自己的身子向下滑去，她跪在了地上。她的跪在地上的躯体和坐在琴凳上的关朋羽相比显得有点儿肉大身沉，尽管这样看上去她已经比他显得低矮。她冲他仰起头，一副要承接的样子。他也就冲她俯下身子，亲了亲她的嘴，又不着边际地在她身上抚摸了一阵。她双手钩住了他的不算粗壮的脖子，她是希望一切继续的，他应该把她抱起来或者压下去。可是他显然有点儿胆怯，他似乎没有抱起她的力气，也没有压住她的分量。很可能他已经后悔刚才他那致命的一扭头了。他好像是再也没事干了才决定要那么一扭头的，又仿佛正是这一扭头才让他明白眼前的白大省其实是如此巨大，巨大得叫他摆布不了。或者他也为自己的身高感到自卑，为自己的学历感到自卑？白大省是大本文凭，他念的是旅游中专。也许这些原因都不是，关朋羽，他始终就没有确定自己是不是爱上了白大省。他终于从白大省的胳膊圈儿里钻了出来。他坐回到桌旁，白大省也坐回到桌旁，两个人看上去都很累。

忽然白大省说，要是咱们俩过日子，换煤气罐这类的事肯定是我的。

关朋羽就说，要是咱们俩过日子，换灯泡这类的事肯定是我的。

白大省说，要是咱们俩过日子，我什么都不让你干。

关朋羽就说，你真善良，我早看出来了。

他说的是真话，他明白并不是每个男人都能碰见这份善良的。就为了他早就发现的白大省这份赤裸裸的善良，他又亲了她一次。然后他们平静、愉快地告了别。

他们还没有谈到结婚，不过两人都是心照不宣的样子。销售部的同事问起白大省，她只是笑而不答。白大省到底积累了点儿经验，她忍耐住了她自以为的幸福。要是我们的另一位表妹小玢不来北京，我判断关朋羽会和白大省结婚的。可是小玢来了。

小玢是我们舅舅的女儿，家住太原。一连三年没考上大学，便打定主意到北京来闯天下。她的理想是当一名时装设计师，为此她选择了北京一家没有文凭、不管食宿、也不负责分配的服装学校。她花钱上了这学校，并来到驸马胡同要求和白大省同住。她理直气壮，不由分说。

五

小玢没来过北京，她却到哪儿也不憷，与人交往，天生的自来熟。她先是毫不忸怩地把驸马胡同当成了自己的家，她打开白大省的衣橱，唰啦啦地把白大省挂在衣杆上的衣服"赶"到一边，然后把自己带来的"时装"一挂一大片。她又打量了一阵写字台，把白大省戳在桌面上的几个小镜框往桌角一推，接着不同角度地摆上了几只嵌有自己玉照的镜框；其中一帧二十四英寸大彩照，属于影楼艺术摄影那种格调的，她将它悬在了迎门，让所有人一进白大省家，先看见墙上被柔光笼罩的小玢在做妩媚之笑。最后她考虑到床的问题，她看看里屋唯一一张大床，对白大省说她睡觉有个毛病，爱睡"大"字，床窄了她就得掉下去。她要求白大省把大床让给她，自己再另支折叠床。白大省没有折叠床，只好到家具店现买了一张。剩下吃饭的问题，小玢也自有安排：早饭自己解决；晚饭谁早回来谁做（小玢永远比白大省回家晚）；中饭呢，小玢说她要到凯伦饭店和白大省一块儿吃，她说她知道白大省她们的午饭是免费的。白大省对此有些为难，毕竟小玢不是饭店的员工，这是个影响问题。小玢开导白大省说，咱们不要双份，咱俩合吃你那一份就行，难道你不觉得你该减肥了吗，再不减肥，以后我给你设计服装都没灵感了。白大省看看自己的不算太胖、可也说不上婀娜的身材，一刹那还想起了比她文弱许多的关朋羽，就对小玢做了让步。女为悦己者瘦哇，白大省要减肥，小玢的中饭就固定在了凯伦饭店。说是与白大省合吃，实际每顿饭她都要吃去一多半，饿得白大省挺不到下午下班就得在办公室吃饼干。

凯伦饭店的中饭开阔了小玢的视野，她认识了白大省所有的同事，抄录下他们所有的电话、BP机号码。到了后来，她跟他们混得比白大省跟他们还熟。她背着白大省去饭店美容厅剪头发做美容（当然是免费）；让客房部的哥们儿给她干洗毛衣大衣；销售部白大省一个男同事，自己有一辆"富康"轿车的，居然每天早上开车到驸马胡同接小玢，然后送她去服装学校上学，说是顺路。这样，小玢又省出了一笔乘坐中巴的钱。她心安理得地享受着这些方便，当然她也知道感谢那些给她提供方便的人。她的习惯性感谢动作是拍拍他们的大腿，之后再加上这么一句："你真逗！"男人被她拍得心惊肉跳的，"你真逗"这个含意不清的句子也使他们乐于回味，可他们又绝不敢对她怎么样。动不动就拍男人大腿本是个没教养的举动，可是发生在小玢身上就不能简单地用没教养来概括。她那一米五五的娇小身材，她那颗剪着"伤寒式"短发的小脑袋瓜，她那双纤细而又有力的小手，都给人一种介乎女人和孩子之间的感觉，粗鲁而又娇蛮，用意深长而又不谙世事。她人小心大，旋风一般刮进了驸马胡同，她把白大省的生活搅得翻天覆地，最后她又从白大省手中夺走了关朋羽。

那是一个下午，白大省和福特公司的客户在民族饭店见面之后没再回到班上，就近回了驸马胡同。这次见面是顺利的，那位客户，一个谢顶的红脸美国老头儿已经答应和凯伦签合同，他们代表处将在凯伦饭店包租一年客房。这也意味着白大省可以从租金中得到千分之二的提成。白大省这天的确用不着再回班上了，白大省实在应该回家好好庆祝庆祝。她回家开了门，看见小玢和关朋羽躺在她的大床上。

不能用鬼混来形容小玢和关朋羽，真要是鬼混，事情倒还有其他的一些可能。问题是小玢不想和关朋羽鬼混，关朋羽也觉得他应该娶的原来是小玢。这样，本来可能是白大省丈夫的关朋羽，没出两个月就变成了白大省的表妹夫。

想来想去，白大省不像恨郭宏那样恨关朋羽，让她感到揪心疼痛的是，她和关朋羽交往一年多了都没打过床的主意，可关朋羽和小玢没见过几次面就上了床。那是她的床啊，她白大省的床！

　　小玢搬出了驸马胡同，一句道歉的话也没跟白大省说，只给她留下一件她亲自为遮掩白大省那下坠的臀部而设计制作的一件圆摆衬衫，还忘了锁扣眼儿。倒是关朋羽觉得有些对不住白大省，有一天他跟小玢要了驸马胡同的钥匙——还没来得及还给白大省的钥匙，趁白大省上班，他找人拉走了白大省的旧床，又给白大省买来一张新双人床，还附带买了床罩、枕套什么的。他认真为她铺好床，认真到比铺他和小玢的婚床更多一百分的小心。他不让床单上有一道褶痕，不让床裙上有一粒微尘。接着他又为她开了床，就像他在饭店客房里每天都做的那样，拍松枕头，把罩好被单的薄毯沿枕边规矩地掀起一角，再往掀起的被角上放一枝淡黄色的康乃馨。就像要让白大省忘却在这个位置上发生的所有不快，又像是在祝福白大省开始崭新的日子。

　　白大省下班回来看见了新床和床上的一切，那是关朋羽技术和心意的结合，是他这样一个男人向她道歉的独特方式。白大省坐在折叠床上遥望这新大床一阵阵悲伤，因为她怀念的其实正是关朋羽让人搬走的那张旧床，那张深深伤害了她的旧床。倘若她能重返旧床，哪怕夜夜只她单独一人，至少她也能体味关朋羽曾经在过这床上的那一部分——就算不是和她。另一部分，小玢占据的那一部分她甚至可以遮起来不想。在旧床上她的心和身体都会感到痛的，可那是抓得住的一种伤痛，纵然痛，也是和他在一起的。眼前的新床又算什么呢，一堆没有来历的木头罢了。

　　关朋羽的新床带给驸马胡同的是更多的凄清。好比一个男人，早就打定了主意要背离爱他的女人，告别之前却非要给这女人擦一遍桌子，拖一拖地板，扶正墙上的一个镜框，再把漏水的龙头修上一修。这本是世上最残忍的一种殷勤，女人要么在这样的殷勤里绝望，要么从这样的殷勤里猛醒。

我的表妹白大省，她似乎有点儿绝望，却还谈不上就此猛醒，她只是久久不在那新床上睡觉就是了。第一次睡她那新大床的是我。那次我来北京参加一个少儿读物研讨会，有天晚上住在了驸马胡同。我躺在白大省的新床上，她躺在那张折叠床上，脸朝天花板跟我讲着小玢和关朋羽。她说小玢和关朋羽结婚后就不念那个服装学校了，两人也没房，就和关朋羽的父母一起住。他家住在一幢旧单元楼的一楼，辟出一间临街开了个门，小玢开起了成衣店，生意还挺不错。白大省说他们结婚时她没去，她是想一辈子不搭理他们的，那时候天天下班回家就发誓。白大鸣为了支持白大省，自己先做了姿态，他也不与他们来往。可也不知怎么的，临近婚礼时白大省还是给他们买了礼物，一台消毒碗柜，托客房部的人转给了关朋羽。白大省说关朋羽又托客房部的人给她送了一袋喜糖。她说你猜我把那喜糖放哪儿去了，我说你肯定没吃。她指指房顶说我告诉你吧，让我站在院里都给扔到房上去了。

我闭眼想着我们头上那滋生着干草的灰瓦屋顶，屋顶依旧，只是女猫妞妞和男猫小熊早已不在了，不然那喜糖定会引起它们的一阵欢腾。最后白大省又埋怨起自己，她说全怪她警惕性不高啊，一不留神……我说这和留神不留神有什么关系，白大省说那究竟和什么有关系呢。

我没法回答白大省的问题，我于是请她看电影。那次我们看了一个没有公演的美国电影《完美的世界》，研讨会上发的票。

看电影时我们都哭了，虽然克制但还是泪流满面。我们尽量默不作声，我们都长大了，不像从前看《卖花姑娘》的时候那么抽抽搭搭的。白大省偶尔还打一个嗝儿，憋成很细小的声音，只有我这么亲近的人才能觉察出她是在打嗝儿。《完美的世界》，那个罪犯和充当人质的孩子之间从恐惧憎恨到相亲相近的故事使白大省激动不已，仅在销售部，她就把这部电影给同事讲了四遍。我回B城后还接到过她一个长途电话，她说她从来没有像看了《完美的世界》以后那样热爱孩子，她第一次有点儿从心里羡慕我的职业了，她问我有没有可能托关系把她调到一个儿童出版社，她已经开始考虑改行了。我劝她说别神神道道的，出版社的活儿也不是那么好干。白大省后来没再坚持改行，她不是听了我的劝，那是因为，她仿佛又开始恋爱了。

六

白大省认识夏欣是在驸马胡同，夏欣骑车拐弯时撞了正在走路的白大省。撞得也不重，小腿擦破了一点儿皮，夏欣一个劲儿向白大省道歉，还从衣兜里掏出一片创可贴，非要亲手按在白大省小腿上不可。后来白大省听夏欣说，那天他是去三号院看房的，三号院的简先生要把他那间八平方米的门房租出去。本来夏欣有意要租，希望简先生在租金上做些让步，但简先生分毫不让，他也就放弃了。

夏欣认为自己是一个才华横溢的人，只是生不逢时，社会上的好机会都让别人占了去。他毕业于一所社会大学，多年来光跟人合伙办公司就办过八九个，开过彩扩店，还倒腾过青霉素。样样都没长性，干什么也没赚了钱，跟父母的关系又不好，索性想从家里搬出来。他让白大省帮他物色价格合理的房，他说他简直一天也不想再看见他父母的脸。白大省给夏欣提供了几则租房信息，有两次她还陪他一道去看房。看完了房，夏欣要请白大省吃饭，白大省说还是我请你吧，以后你发了财再请我。

白大省把夏欣领进了驸马胡同，从此夏欣就隔长补短地在白大省那儿吃饭。他吃着饭，对她说着他的一些计划，做生意的计划，发财的计划，拉上两个同学到与北京相邻的某省某县开化工厂的计划……他的计划时有变化，白大省却深信不疑。比方说到开化工厂缺资金，白大省甚至愿意从自己的积蓄里拿出一万块钱借给夏欣凑个数。后来夏欣没要白大省的钱，因为他忽然又不想开化工厂了。

我非常反感白大省和夏欣的交往，我不喜欢一个大老爷们儿坐在一个无辜的女人家里白吃白喝外加穷"白话"。我对白大省说夏欣可不值得你这么耽误工夫，白大省说我不如她了解夏欣，说别看夏欣现在一无所有，她看中的就是夏欣的才气。噢，夏欣居然有才气，还竟然已被白大省"看中"。我让白大省将夏欣的才气举出一两例，她想了想说，他反应特快，会徒手抓苍蝇。我向她说，你们俩现在究竟是一种什么关系呢？她说还谈不上什么关系，夏欣人很正派，有天晚上他们聊天聊到半夜，夏欣就没走，白大省在里屋睡大床，夏欣在外屋睡折叠床，两人一夜相安无事。

这样的相安无事，可以说洁如水晶，又仿佛是半死不活。是一男一女至纯的友谊呢，还是更像两个男人的哥们儿义气？白大省也许终生都不会涉足这样的分析。她渴望的，只是得到她看中的男人的爱。夏欣无疑被她看中了，她却怎么也拿不准他那一方的态度。有了郭宏和关朋羽的教训，加上我对她的毫不掩饰的警告，她是要收敛一下自己的，很可能她也假模假式地伪装过矜持。她告诫过自己吧：要慢一点儿，慢慢的斯斯文文的；她指点过自己吧：要沉稳千万别显出焦急；她也打算像个会招引人的女人那样修饰自己吧：小玢的娇蛮、西单小六的风骚，都来上那么一点儿……可惜的是，理论与实践的结合总是不妥帖的时候居多。当她想慢下来的时候她却比从前更快；当她打算表演沉稳的时候她却比从前更抓耳挠腮；当她描眉打鬓、涂胭脂抹粉时，她在镜子里看见的是一个比平常的自己难看一千倍的自己。她冲着镜子"温柔"地一笑，类似这样的"温柔"并非白大省与生俱来，它就显得突兀而又夸张，于是白大省自己先就被这突兀的温柔给吓着了。

转眼之间，白大省和夏欣已经认识了大半年，就像从前对待郭宏和关朋羽一样，她又在驸马胡同给夏欣过了一次生日。白大省这人是多么容易忘却，又显得有点儿死心眼儿。谁也弄不清她为什么老是用这同一种方式企图深化她和男性的关系。这次和前两次一样，是她要求给夏欣过生日，夏欣是一个答应的角色，他答应了，还史无前例地对她说了一声："你真好。""你真好"使白大省预感到当晚的一切将至关重要，她暗中给自己设计了一个从容、懂事、不卑不亢的形象，可事到临头，她却比以往更加手忙脚乱并且喧宾夺主。没准儿正是"你真好"那三个字乱了她的手脚。那是一个星期六，她几乎花了一整天给自己选择当晚要穿的衣服。她翻箱倒柜，对比搭配。穿新的她觉得太做作；穿旧的又觉得提不起精神；穿素了怕夏欣看她老气；穿艳了又唯恐降低品位。她在衣服堆里择来择去，她摔摔打打，自己跟自己赌气。

最后她痛下决心还是得出去现买。燕莎、赛特都太远，无论如何去不成，最近的就是西单。她去了西单商场，选中一件黑红点儿的套头毛衣才算定住了神。她觉得这毛衣稳而不呆，闹中有静，无论是黑是红，均属打不倒的颜色。哪知回家对着镜子一穿，怎么看自己怎么像一只"花花轿"。眼看着夏欣就要驾到了，饭桌还空着呢。她脱了毛衣赶紧去开冰箱拿蛋糕，拿她头天就烹制好的素什锦，结果又撞翻了盛素什锦的饭盒，盒子扣在脚面上，脏污了她的布面新拖鞋。她这是怎么了，她想干什么？疯了似的。

好不容易餐桌上的那一套就了绪，她才发现原来自己一直带着个胸罩在屋里乱跑。她就顺便低头看了一眼自己的胸，她总是为自己的胸部长成这样而有些难为情。不能用大或者小来形容白大省的乳房，她的乳房是轮廓模糊的那么两摊，有点儿拾掇不起来的样子。猛一看胸部也有起伏，再细看又仿佛什么都没有。这使她不忍细看自己，她于是又重返她那乱七八糟的衣服堆，扯出一件宽松的运动衫套在了身上。

那个晚上夏欣吃了很多蛋糕，白大省喝了很多酒。气氛本来很好，可是，喝了很多酒的白大省，她忽然打乱自己那"沉着、矜持"之预想，她忽然不甘心就维持这样的一个好气氛了。她的焦虑，她的累，她的没有着落的期盼，她的热望，她那从十岁就开始了的想要被认可的心愿，宛若噼里啪啦冒着火花的爆竹，霎时就带着响声、带着光亮释放了出来。她开始要求夏欣说话，她使的招数简陋而又直白，有点儿强迫的意思。仿佛过生日的回报必是夏欣的表态，而且刻不容缓。她就没有想到，这么一来，他人并不曾受损，而她自己却已再无退路。

说点儿什么吧，白大省对夏欣说，总得说点儿什么。夏欣就说，我有一种预感，我预感到你可能是我这一生中最想感谢的人。白大省追问道：还有呢？夏欣就说，真的我特感谢你。他的话说得诚恳，可不知怎么总透着点儿不吉利。白大省穷追不舍地又发问道：除了感谢你就没有别的话要说了吗？夏欣愣了一会儿说，本来他不想在生日这天说太多别的，可是他早就明白白大省想要听见的是什么。本来他也想对他们的关系做个展望什么的，不是今天，可能是明天、后天……可是他又预感到今天不说就过不去今天，那么他也就顾不了许多了干脆就说了吧。这时他一反吞吐之态，开始滔滔不绝。他说他和白大省的关系不可能再有别的发展，有一件事给他留下的印象太深刻了：那天他来这儿吃晚饭，白大省烧着油锅接一个电话，那边油锅冒了烟她这边还慢条斯理地进行她的电话聊天；那边油锅着了她仍然放不下电话，结果厨房的墙熏黑了一大片，房顶也差点儿着了火。夏欣说他不明白为什么白大省不能告诉对方她正烧着油锅呢，本来那也不是什么重要的电话。她也可以先把煤气灶闭掉再和电话里的人聊天。可是她偏不，她偏要既烧着油锅又接着电话。夏欣说这样一种生活态度使他感觉很不舒服……白大省打断他说油锅着火那只不过是她的一时疏忽，和生活态度有什么关系呀。夏欣说好吧就算这是一时的疏忽，可我偏就受不了这样的疏忽。还有，他接着说，白大省刚跟他认识没多久就要借给他一万块钱开化工厂，万一他要是个坏人呢是想骗她的钱呢？为什么她会对出现在眼前的陌生男人这样轻信他实在不明白……

夏欣的话匣子一开竟难以止住，他历数的事实都是事实，他的感觉虽然苛刻却又没错儿。他，一个连稳定的工作都没有的男人，一个连养活自己都还费点儿劲儿的男人，一个坐在白大省家中，理直气壮地享用她提供的生日蛋糕的男人，在白大省面前居然也能指手画脚，挑鼻子挑眼。那可怜的白大省竟还执迷不悟地说：我可以改啊我可以改！

他们到底无法谈到婚姻。夏欣在这个生日之后就离开了白大省。白大省哭着，心里一急，便冲着他的背影说，你就走吧，本来我还想告诉你，驸马胡同快要拆迁了，我这两间旧房，至少能换一套三居室的单元，三居室！夏欣没有回头，聪明的男人不会在这时候回头。白大省心里更急了，便又冲着他的背影说，你就走吧，你再也找不到像我这么好的人了！你听见了没有？你再也找不到像我这么好的人了！听了这话，夏欣回头了，他回过身来对白大省说："其实我怕的也是这个，很可能再也找不到了。"这是一句真话，不过他还是走了。白大省这叫卖自己一般的挽留只加快了夏欣的离开。他不欠她什么，既不属于说了买又不买的顾客，也不属于白拿东西不给钱的顾客，他连她的手都没碰过。

很长一段时间，白大省既不收拾饭桌也不收拾床，她和夏欣吃剩的蛋糕就那么长着霉斑摆在桌上，旁边是两只油脂麻花的脏酒杯。夏欣生日那天她翻腾出来的那些衣服也都在里屋她的床上乱糟糟地摊着，晚上下班回来她就把自己陷在衣服堆里昏睡。有一天白大鸣来驸马胡同找白大省，进门就嚷起来："姐，你怎么啦！"

七

白大鸣对白大省当时的精神状态感到吃惊，可他并无太多的担心。他了解他的姐姐白大省，他知道他这位姐姐不会有什么真想不开的事。白大省当时的精神只给白大鸣想要开口的事情增设了一点儿小障碍，他本是为了驸马胡同拆迁的事而来。

白大鸣已经先于白大省结了婚，女方咪咪在一所幼儿师范教音乐，白大省是两人的介绍人。白大鸣结婚后没从家里搬出去，他和咪咪的单位都没有分房的希望，两人便打定主意住在家里，咪咪也努力和公婆搞好关系。虽然这样的居住格局使咪咪觉出了许多不自如，可现实就是这样的现实，她只好把账细算一下：以后有了孩子，孩子顺理成章得归退休的婆婆来带，她和白大鸣下班回家连饭也用不着做，想来想去还是划算的，也不能叫作自我安慰。要是没有驸马胡同拆迁的信息，白大鸣和咪咪就会在家中久住下去，咪咪已经摸索出了一套与公婆相处的经验和技巧。偏在这时驸马胡同面临着拆迁，而且信息确凿。白大省已经得到通知，像她这样的住房面积能在四环以内分到一套煤气、暖气俱全的三居室单元。一时间驸马胡同乱了，哀婉和叹息、兴奋和焦躁弥漫着所有的院落。大多数人不愿挪动，不愿离开这守了一辈子的北京城的黄金地段。九号院牙都掉光了的赵奶奶对白大省说，当了一辈子北京人，老了老了倒要把我从北京弄出去了。白大省说四环也是北京啊赵奶奶，赵奶奶说，顺义还是北京呢！

三号院的简先生也是逢人就说，人家跟我讲好了，我们家能分到一梯一户的四室两厅单元房，楼层还由着我们挑。可我院里这树呢，我的丁香树我的海棠树，我要问问他们能不能给我种到楼上去！简先生摇晃着他那一脑袋花白头发，小资本家的性子又使出来了。

白大省对驸马胡同深有感情，可她不像赵奶奶、简先生他们，她打定主意不给拆迁工作出一点儿难题。新的生活、敞亮的居室、现代化的卫生设备对白大省来说，比地理方位显得更重要。况且她在那时的确还想到了夏欣，想到他四处租房，和房东讨价还价的那种可怜样，白大省在心中不知说了多少遍呢：和我结婚吧，我现在就有房，我将来还会有更好的房！

驸马胡同的拆迁也牵动了白大鸣和咪咪的心，准确地说，最先反应过来的是咪咪。有天晚上她翻来覆去睡不着觉，就把白大鸣也叫醒说，早知道驸马胡同会这样，不如结婚时就和白大省调换一下了，让白大省搬回娘家住，她和白大鸣去住驸马胡同。这样，拆迁之后的三居室新单元自然而然便归了他们。白大鸣说现在说什么也晚了，再说咱们这样不也挺好吗？咪咪说好与不好，也由不得你说了算。敢情你是你爸妈的儿子，我可怎么说也是你们家的外人。你觉着这么住着好，你知道我费了多少心思和技巧？一家人过日子老觉着得使技巧，这本身就让人累。我就老觉着累。我做梦都想和你搬出去单过，住咱们自己的房子，按咱们自己的想法设计、布置。白大鸣说那你打算怎么办哪，咪咪说这事先不用和爸妈商量，先去找白大省说通，再返回来告诉爸妈。就算他们会犹豫一下，可他们怎么也不应该反对女儿回家住。白大鸣打断咪咪说，我可不能这么对待我姐，她都三十多岁了，老也没谈成合适的对象，咱们不能再让她舍弃一个自己的独立空间哪。咪咪说，对呀，你姐一个人还需要独立空间呢，咱们两个人不更需要独立空间吗。再说，她老是那么一个人待着也挺孤独，如果搬回来和爸妈住，互相也有个照应。白大鸣被咪咪说动了心，和咪咪商量一块儿去找白大省。咪咪说，这事我不能出面，你得单独去说。你们姐弟俩说深了说浅了彼此都能担待，我要在场就不方便了。白大鸣觉得咪咪的话也对，但他仍然劝咪咪仔细想想再做决定。咪咪坚决不同意，她说这事不能慎着，得赶快。她那急迫的样子，恨不得把白大鸣从床上揪起来半夜就去找白大省。又耗了几天，白大鸣在咪咪的再三催促下去了驸马胡同。

白大鸣坐在白大省一塌糊涂的床边，屁股底下正压着她那团黑红点点的毛衣。他知道他的姐姐遭了不幸，他给她倒了一杯水。白大省喝了水，按捺不住地对白大鸣说起了夏欣。她说着，哭着，眼泪像断了线的珠子，白大鸣看着心里很难过。他想起了姐姐对他几十年如一日的疼爱，想起小时候有一次他往院子里扔了一个香蕉皮，姥姥踩上去滑了一跤，吓得他一着急，就说香蕉皮是白大省扔的。姥姥骂了白大省一整天，还让白大省花了一个晚上写了一篇检讨书。白大省一直默认着自己这个"过失"，没有揭穿也没有记恨过白大鸣对她的"诬陷"。白大鸣想着小时候的一切，实在不知道怎么把换房的事说出口。后来还是白大省提醒了他，她说大鸣你是不是有什么事来找我？

白大鸣一狠心，就把想和白大省换房的事全盘托出。白大省果然很不高兴，她说这肯定是咪咪的主意，一听就是咪咪的主意，咪咪天生就是个出这种主意的人。她说她早就后悔当初把咪咪介绍给白大鸣，让咪咪变成了他们白家的人。她质问白大鸣，问他为什么与咪咪合伙欺负她——难道没看见她现在的样子吗，还是假装不知道她从前的那些不如意。她说大鸣你真可恶真没良心你真气死我了你是不是以为我这人从来就不会生气呀你！她说你要是这么想你可就大错特错了，现在我就告诉你我会生气我特会生气我气性大着呢，现在你就回家去把咪咪给我叫来，我倒要看看她当着我的面敢不敢再重复一遍你们俩合伙捏鼓出的馊主意!

白大省的语调由低到高，她前所未有地慷慨激昂滔滔不绝，她就像换了一个人似的言辞尖刻忘乎所以。她不知道什么时候白大鸣已经悄悄地走了，当她发现白大鸣不见之后，才慢慢使自己安静下来。白大鸣的悄然离去使白大省一阵阵地心惊肉跳，有那么一会儿她觉得他不仅从驸马胡同消失了，他甚至可能从地球上消失了。可他究竟犯了什么错误呢她的亲弟弟! 他生下来不长时间就得了百日咳; 两岁的时候让一粒榆皮豆卡住嗓子差点儿憋死; 三岁他就做了小肠疝气手术; 五岁那年秋天他掉进院里那口干井摔得头破血流; 七岁他得过脑膜炎; 十岁他摔在教室门口的台阶上磕掉了门牙……可怜的大鸣! 为什么这些倒霉事都让他碰上了呢，从来没碰上过这些倒霉事的白大省为什么就不能让她无比疼爱的弟弟住上自己乐意住的新房呢。白大省越想越觉得自己对不住白大鸣，她是在欺负他，是在往绝路上逼他。她必须立刻出去找他，找到他告诉他换房的事不算什么大事，她愿意换给他们，她愿意搬回家去与父母同住……

她在白大鸣的单位找到了白大鸣，宣布了她的决定。想到数落咪咪的那些话她也觉得不好意思，就又给咪咪打电话，重复了一遍她愿意和他们换房的决定。她好言好语，柔声细气，把本来是他们求她的事，一下子变成了她在央告他们，甚至他们答复起来若稍有犹豫，她心里都会久久地不安。

她献出了自己的房子，驸马胡同拆迁之日，也就是她回到父母身边之时。这念头本该伴随着阵阵凄楚的，白大省心中却常常生起一股莫名的柔情。每天每天，她走在胡同里都能想起很多往事，从小到大，在这里发生的她和一些"男朋友"的故事。她很想在这胡同消失之前好好清静那么一阵，谁也不见，就她一个人和这两间旧房。谁敲门她也不理，下班回家她连灯也不开，她悄悄地摸黑进门，进了门摸黑做一切该做的事，让所有的人都认为屋里其实没人。有一天，当她又打着这样的主意走到家门口时，一个男人怀抱着一个孩子正站在门口等她。是郭宏。

郭宏打碎了白大省谁也不见的预想，他已经看见了她，她又怎么能假装屋里没人？她把他让进了门，还从冰箱里给他拿了一听饮料。

这么多年白大省一直没有见过郭宏，但是她知道他的情况。他没去成日本，因为那个日本女生忽然改变主意不和他结婚了。可他也没回大连，他决意要在北京立足。后来，工作和老婆他都在北京找到了，他在一家美容杂志社谋到了编辑的职务，结婚几年之后，老婆为他生了一个女儿。郭宏的老婆是一家翻译公司的翻译，生了女儿之后不久，有个机会随一个企业考察团去英国，她便一去不复返了，连孩子也扔给了郭宏。这梦一样的一场婚姻，使郭宏常常觉得不真实。如果没有怀里这活生生的女儿，郭宏也许还可以干脆假装这婚姻就是大梦一场，一切都可以重新开始，作为一个男人他还算不上太老。可女儿就在怀里，她两岁不到，已经认识她的父亲，她吃喝拉撒处处要人管，她是个活人不是梦。

此时此刻郭宏坐在白大省的沙发上喝着饮料，让半睡的女儿就躺在他的身边。他对白大省说，你都看见了，我的现状。白大省说，我都看见了，你的现状。郭宏说我知道你还是一个人呢。白大省说那又怎么样。郭宏说我要和你结婚，而且你不能拒绝我，我知道你也不会拒绝我。说完他就跪在了白大省眼前，有点儿像恳求，又有点儿像威胁。

这是千载难逢的一个场面，一个仪表堂堂的大男人就跪在你的面前求你。渴望结婚多年了的白大省可以把自己想象成骄傲的公主，有那么一瞬间，她心中也真的闪过一丝丝小的得意，一丝丝小的得胜，一丝丝小的快慰，一丝丝小的眩晕。纵然郭宏这"跪"中除却结婚的渴望还混杂着难以言说的诸多成分，那也足够白大省陶醉一阵。从没有男人这样待她，这样的被对待也恐怕是她一生所能碰到的绝无仅有的一回。一时间她有点儿糊涂，有点儿思路不清。她低头看着跪在地上的郭宏，她闻见了他头发的气味，当他们是大学同学时她就熟悉的那么一种气味。这气味使此刻的一切显得既近切又遥远，她无法马上作答，只一个劲儿地问着：为什么呢这是为什么？

跪着的郭宏仰起头对白大省说，就因为你宽厚善良，就因为你纯、你好。从前我没见过、今后也不可能再遇见你这样一种人了你明白吗。

白大省点着头忽然一阵阵心酸。也许她是存心要在这眩晕的时刻，听见一个男人向她诉说她是一个多么美丽的女人，多么难以让他忘怀的女人，就像很多男性对西单小六、对小玢、对白大省四周很多女孩子表述过的那样，就像我的丈夫王永将我小心地拥在怀中，贪婪地亲着我的后脖颈向我表述过的那样。可是这跪着的男人没对白大省这么说，而她终于又听见了几乎所有认识她的男人都对她说过的话，那便是他们心目中的她。就为了这个她不快活，一种遭受了不公平待遇的情绪尖锐地刺伤着她的心。她带着怨愤，带着绝望，带着启发诱导对跪着的男人说，就为这些吗！你就不能说我点儿别的吗你！

跪着的男人说，我说出来的都是我真心想说的呀，你实在是一个好人……我生活了这么些年好不容易才悟透这一点……白大省打断他说，可是你不明白，我现在成为的这种"好人"从来就不是我想成为的那种人！

跪着的男人仍然跪着，他只是显得有些困惑。于是白大省又说，你怎么还不明白呀，我现在成为的这种"好人"根本就不是我想成为的那种人！

跪着的男人说，你说什么笑话呀白大省，难道你以为你还能变成另外一种人吗？你不可能，你永远也不可能。

永远有多远？！白大省叫喊起来。

我坐在"世都"二楼的咖啡厅等来了我的表妹白大省。我为她要了一杯冰可可，我说，我知道你还想跟我继续讨论郭宏的事，实话跟你说吧这事很没意思，你别再犹豫了你不能跟他结婚。白大省说，约你见面真是想再跟你说说郭宏，可你以为我还像从前那么傻吗？哼，我才没那么傻呢，我再也不会那么傻了。噢，他想不要我了就把我一脚踢开，转了一大圈，最后怀抱着一个跟别人生的孩子又回到我这儿来了，没门儿！就算他给我跪下了，那也没门儿！

我惊奇白大省的"觉悟"，生怕她心一软再变卦，就又加把劲儿说，我知道你不傻，人都会慢慢成熟的。本来事情也不那么简单，别说你不同意，就是你同意，姨父姨妈那边怎么交代？再说，你把自己的房都给了大鸣，就算你真和郭宏结婚，姨父姨妈能让你们——再加上那个孩子在家里住？白大省说，别说我们家不让住，郭宏他们一直住他大姨子的房，他大姨子现在都不让他们爷儿俩住。所以，我才不搭理他呢。我说，关键是他不值得你搭理。白大省说，这种人我一辈子也不想再搭理。我说，你的一辈子还长着呢。白大省说，所以我要变一个人。她说着，咕咚咕咚将冰可可一饮而尽，让我陪她去买化妆品。她说她要换牌子了，从前一直用"欧珀莱"，她想换成"CD"或者"倩碧"，可是价格太贵，没准儿她一狠心，从今往后只用婴儿奶液，大影星索菲娅·罗兰不是声称她只用婴儿奶液吗。

我和白大省把"世都"的每一层都转了个遍，在女装部，她一反常态地总是揪住那些很不适合她的衣服不放：大花的，或者透得厉害的，或者弹力紧身的。我不断地制止她，可她却显得固执而又急躁，不仅不听劝，还和我吵。我也和她吵起来，我说你看上的这些衣服我一件也看不上。白大省说为什么我看上的你偏要看不上？我说因为你穿着不得体。白大省说怎么不得体，难道我连自己做主买一件衣服的权利也没有哇。我说可是你得记住，这类衣服对你永远也不合适。白大省说什么叫永远也不合适什么叫永远？你说说什么叫永远？永远到底有多远！

我就在这时闭了嘴，因为我有一种预感，我预感到一切并不像我以为的那么简单。果然，第二天中午我就接到白大省一个电话，她告诉我她是在办公室打电话，现在办公室正好没人。她让我猜她昨晚回家之后在沙发缝里发现了什么，她说她在沙发缝里发现了一块皱皱巴巴、脏里吧唧的小花手绢，肯定是前两天郭宏抱着孩子来找她时丢的，肯定是郭宏那个孩子的手绢。她说那块小脏手绢让她难受了半天，手绢上都是馊奶味儿，她把它给洗干净了，一边洗，一边可怜那个孩子。她对我说郭宏他们爷儿俩过的是什么日子呀，孩子怎么连块干净手绢都没有。她说她不能这样对待郭宏，郭宏他太可怜了太可怜了……白大省一连说了好多个可怜，她说想来想去，她还是不能拒绝郭宏。我提醒她说别忘了你已经拒绝了他，白大省说所以我的良心会永远不安。我问她说，永远有多远？

电话里的白大省怔了一怔，接着她说，她不知道永远有多远，不过她可能是永远也变不成她一生都想变成的那种人了，原来那也是不容易的，似乎比和郭宏结婚更难。

那么，白大省终于要和郭宏结婚了。我不想在电话里和她争吵或者再规劝她，我只是对她说，这个结果，其实我早该知道。

这个晚上，我和我丈夫王永在长安街上走路，他是专门从B城开车来北京接我回家的。我从来也没有像今天这样渴望见到王永，我对我丈夫心存无限的怜爱和柔情。我要把我的头放在他宽厚沉实的肩膀上告诉他"我要永远永远待你好"。我们把车存在民族饭店的停车场，驸马胡同就在民族饭店的斜对面。我们走进驸马胡同，又从胡同出来走上长安街。我们没去打搅白大省。我没有由头地对王永说，你会永远对我好吧？王永牵着我的手说我会永远永远疼你。我说永远有多远呢？王永说你怎么了？我对王永说驸马胡同快拆了，我对王永说白大省要和郭宏结婚了，我对王永说她把房也换给白大鸣了，我还想对王永说，这个后脑勺上永远沾着一块蛋黄洗发膏的白大省，这个站在水龙头跟前给一个不相识的小女孩洗着脏手绢的白大省是多么不可救药。

就为了她的不可救药，我永远恨她，永远有多远？
就为了她的不可救药，我永远爱她，永远有多远？

就为了这恨和爱，即使北京的胡同都已拆平，我也永远会是北京一名忠实的观众。

啊，永远有多远啊。

《十月》1999年第1期

神　木

刘庆邦

一

冬天。离旧历新年还有一个多月。天上落着零星小雪。在一个小型火车站，唐朝阳和宋金明正物色他们的下一个点子。点子是他们的行话，指的是合适的活人。他们一旦把点子物色好了，就把点子带到地处偏远的小煤窑办掉，然后以点子亲人的名义，拿人命和窑主换钱。这项生意他们已经做得轻车熟路，得心应手，可以说做一项成功一项。他们两个是一对好搭档，互相配合默契，从未出过什么纰漏。按他们的计划，年前再办一个点子就算了。一个点子办下来，每人至少可以挣一万多块。如果运气好的话，也许会突破两万块大关。回老家过个肥年不成问题。

火车站一侧有一家敞棚小饭店，饭店门口的标牌上写着醒目的广告，卖正宗羊肉烩面、保健羊肉汤、烧饼和多种下酒小菜。

唐朝阳对保健羊肉汤产生了兴趣，他骂了一句，说："现在什么都保健，就差搞野鸡不保健了。"一位端盘子的小姑娘迎出来，称他们"两位大哥"，把他们请进棚子里坐下。他们点了两碗保健羊肉汤和四个烧饼，却说先不要上，他们还要喝点酒。他们的心思也不在酒上，而是在车站广场那些两条腿的动物上。两人漫不经心地呷着白酒，嘴里有味无味地咀嚼着四条腿动物的杂碎，四只眼睛通过三面开口的敞棚，不住地向人群中睃寻。离春节还早，人们的脚步却已显得有些匆忙。有人提着豪华旅行箱，大步流星往车站入口处赶。一个妇女走得太快，把手上扯着的孩子拖倒了。她把孩子提溜起来，照孩子屁股上抽两巴掌，拖起孩子再走。一个穿红皮衣的女人，把手机捂在耳朵上，嘴里不停地说话，脚下还不停地走路。人们来来往往，小雪在广场的地上根本存不住，不是被过来的人带走了，就是被过去的人踩化了。待着不动的是一些讨钱的乞丐。一个上年纪的老妇人，跪伏成磕头状，花白的头发在地上披散得如一堆乱草，头前放着一只破旧的白茶缸子，里面扔着几个钢镚子和几张毛票。还有一个年轻女人，坐在水泥地上，腿上放着一个仰躺着的小孩子。小孩子脸色苍白，闭着双眼，不知是生病了，还是饿坏了。年轻女人面前也放着一只讨钱用的搪瓷茶缸子。人们来去匆匆，看见他们如看不见，很少有人往茶缸里丢钱。唐朝阳和宋金明不能明白，元旦也好，春节也罢，只不过都是时间上的说法，又不是人的发情期，那些数不清的男人和女人，干吗为此变得慌张、骚动不安呢？

这二人之所以没有发起出击，是因为他们暂时尚未发现明确的目标。他们坐在小饭店里不动，如同狩猎的人在暗处潜伏，等候猎取对象出现。猎取对象一旦出现在他们的视野之内，他们会马上兴奋起来，并不失时机地把猎取对象擒获。他们不要老板，不要干部模样的人，也不要女人，只要那些外出打工的乡下人。如果打工的人成群结帮，他们也会放弃，而专挑那些单个儿的打工者。一般来说，那些单个儿的打工者比较好蒙，在二对一的情况下，用不了多大一会儿工夫，被利诱的打工者就如同脖子上套了绳索一样，不用他们牵，就乖乖地跟他们走了。他们没发现单个儿的打工者，倒是看见几个单个儿的小姐，在人群中游荡。小姐打扮妖艳，专拣那些大款模样的单行男人搭讪。小姐拦在男人面前嘀嘀咕咕，搔首弄姿，有的还动手扯男人的衣袖，意思让男人随她走。大多数男人态度坚决，置之不理。少数男人趁机把小姐逗一逗，讲一讲价钱。待把小姐的热情逗上来，他却不是真的买账，撇下小姐扬长而去。只有个别男人绷不住劲，迟迟疑疑地跟小姐走了，到不知名的地方去了。唐朝阳和宋金明看得出来，这些小姐都是野鸡，哪个倒霉蛋要是被她们领进鸡窝里，就算掉进黑窟窿，是公鸡也得逼出蛋来。他们跟这些小姐不是同行，不存在争行市的问题。按他们的愿望，希望每个小姐都能赚走一个男人，把那些肚里长满板油的男人好好宰一宰。

端盘子的小姑娘过来问他俩，这会儿上不上羊肉汤。

唐朝阳回过眼来，把小姑娘满眼瞅着，问："你们这里有没有保健野鸡汤？"

宋金明听出唐朝阳肚子里在冒坏汤儿，也盯紧小姑娘的嘴唇，看她怎样回答。小姑娘腰身瘦瘦的，脖子细细的，看样子是刚从乡下雇来的黄毛丫头，还没开过脸，还没经过大阵仗。正是这样的生坯子，用起来才有些意思。女人身上一旦起了软肉，就不再是柴鸡的味道，而是用化学饲料催长的肉鸡的味道。小姑娘好看的嘴唇动了动，说她不知道有没有保健野鸡汤。

"你们饭店里有保健羊肉汤，难道就没有保健野鸡汤吗？野鸡汤本钱也不高，比卖羊肉汤来钱快多了。"唐朝阳说。

小姑娘说，她去问一问老板，转身进屋去了。

宋金明朝唐朝阳腿杆子上踢了一下："去你妈的，别想好事了。要想弄成事，恐怕五百块都说不下来。"

"一千块我也干!"

老板从屋里出来了，是一位少妇。少妇身前身后都起了不少软肉，比小姑娘逊色多了。少妇说："两位大哥真会开玩笑，你们把羊肉汤喝足了，还愁喝不到野鸡汤吗!"少妇把红嘴往旁边的洗头泡脚屋一努，说那里面就有，想喝多久喝多久，口对口喝都没人管。

唐朝阳看出老板娘不是个善碴儿，不再提要野鸡汤的事，说："把羊肉汤端上来吧。"

他俩注意到了，小饭店的左侧是一个挂着黑漆布帘子的放像室，一男一女堵在门口卖票收钱，四块钱放进去一位，时间不限。门口立着一个黑色立体声音箱，以把录像带上的声音同步传播出来作为招徕。音箱里一阵一阵传出来的大都是女人的声音，她们像是被什么东西塞住了喉咙，发音吐字一点也不清晰。右侧是一家美容美发兼洗头泡脚的小屋门面，门面的大玻璃窗上写着两行红字"低价消费，到位服务"。这样的小屋唐朝阳和宋金明都进去过，别看小屋门面不大，里面的世界却深得很，往往要七拐八拐，进了旁门，还有左道，有时还要上楼下楼，等到了单间，小姐转出来，一对一的洗和泡就可以进行了。当然了，他们洗的是第二个头，泡的是第三只脚。

小姑娘把保健羊肉汤端上来了。羊肉汤是用砂锅子烧的，大概因为砂锅子太烫手，小姑娘是用一个特制的带手柄的铁圈套住砂锅子，才分两次把热气腾腾的羊肉汤端上桌的。唐朝阳和宋金明一瞅，汤汁子白浓浓的，上面洒了几珠子金黄的麻油，酽酽的老汤子的香气直往鼻腔子里钻。二位拿起调羹，刚要把"保健"的滋味品尝一下，唐朝阳往车站广场瞥了一眼，说声："有了！"几乎是同时，宋金明也发现了他们所需要的人选，也就是来送死的点子。二人很快地对视了一下，眼里都闪射出欣喜的光点。这种欣喜是恶毒的。他们不约而同地把调羹放下了。一个点子就是一堆大面额的票子，眼下，票子还带着两条腿，还会到处走动，他们绝不会放过。由于心情激动，他们急于攫取的手稍稍有些发抖，调羹放回碟子里发出了微响。宋金明站起来了，说："我去钓他！"

如同当演员做戏一样，宋金明从敞棚小饭店出来时，没忘了带他的那套道具，就是一个用塑料蛇皮袋子装着的铺盖卷儿，一只式样过时的、坏了拉锁的人造革提兜。提兜的上口露出一条毛巾。毛巾脏污得有些发黑，半截在提兜里，半截在兜外耷拉着。这样的道具容易被打工者认同。

二

被宋金明跟踪的目标走过车站广场，向售票厅走去。目标的样子不是很着急，目的性似乎也不太明确。走过车站广场时，他仰起脸往天上看了一会儿，像是看一下天阴到什么程度，估计一下雪会不会下大。看到利用孩子讨钱的那个妇女，他也远远地站着看了一会儿。他没有走近那个妇女，更没有给人家掏钱。目标到售票厅并没有买票，他到半面墙壁大的列车时刻表下看看，到售票窗口转转，就出去了。目标走到门外，有一个人跟他搭话。宋金明顿时警觉起来，他担心有人撬他们的行，把他们选中的点子半路劫走。宋金明紧走两步，想接近目标，听听那人跟他们的目标说什么，以便见机行事，把目标夺过来。宋金明的担心多余了，他还没听见两人说什么，两人就错开了，一人往里，一人往外，各走各的路。

目标下了售票厅门口的水泥台阶，看见脚前扔着一个大红的烟盒，烟盒是硬壳的，看上去完好如新。目标上去一脚，把烟盒踩扁了。他没有马上抬脚，转着脖子左右环顾。大概没发现有人注意他，他才把烟盒捡起来了。他瞪着眼往烟盒里瞅，用两个指头往烟盒里掏。当证实烟盒的确是空纸壳子时，他仍没舍得把烟盒扔掉，而是顺手把烟盒揣进裤子口袋里去了。

这一切，宋金明都看在眼里。目标左右环顾时，他的目光及时回避了，装作什么都没看见。目标定是希望能从烟盒里掏出一卷子钱来，烟盒空空如也，不光没钱，连一支烟卷也不剩，未免让他的可爱的目标失望了。通过这一细节，宋金明无意中完成了对目标的考察，他因此得出判断，这个目标是一个缺钱和急于挣钱的人，这样的人最容易上钩。事不宜迟，他得赶快跟他的目标搭上话。

车站广场一角有一个报刊亭，目标转到那里站下了，往亭子里看着。报刊亭三面的玻璃窗内挂满了各类花里胡哨的杂志，几乎每本杂志封面上都印有一个漂亮的女人。宋金明掏出一支烟，不失时机地贴近目标，说："师傅，借个火。"

目标回过头来，看了宋金明一眼，说他没有火。

既然没有火，宋金明就把烟夹在耳朵上走了，像是找别人借火去了。他当然不会真走，走了几步又折回来了，对目标说："我看着你怎么有点面熟呢？"还没等目标对这个问题做出反应，他的第二个问题跟着就来了，"师傅这是准备回家过年吧？"

目标点点头。

"离过年还有一个多月呢，回家那么早干什么！"

"不回家去哪儿呢？"

"我们联系好了一个矿，准备去那里干一段儿。那里天冷，煤卖得好。那儿回来的人说，在那个矿干一个月，起码可能挣这个数。"说着弯起一个食指勾了一个九。他见目标的眼睛亮了一下，随即把代表钱数的指头收起来了。这时，有个吸烟的人从旁边路过，他过去把火借来了。他又掏出一支烟，让目标也点上。目标没有接，说他不会吸烟。宋金明看出目标心存戒心，没有勉强让他吸，主动与目标拉开距离，退到一旁独自吸烟去了。一旁有一个长方形的花坛，春夏季节，花坛里当有花儿开放，眼下是冬季，花坛里只剩下一些枯枝败叶。这些带刺的枯枝子上挂着随风飘扬的白塑料袋，像招魂幡一样。花坛四周，垒有半腿高的水泥平台。宋金明把铺盖卷儿放在地上，在台面上坐下了。对于钓人，他是有经验的。钓人和钓鱼的情形有相似的地方，你把钓饵上好了，投放了，就要稳坐钓鱼台，耐心等待，目标自会慢慢上钩。你若急于求成，频频地把钓饵往目标嘴里送，很有可能会把目标吓跑。

果然，目标绕着报刊亭转了一圈，磨蹭着向宋金明挨过来。

目标向宋金明接近了，眼睛并没有看宋金明，像是无意之中走到宋金明身边去的。

宋金明暗喜，心说，这是你自己送上门来找死，可不能怨我。他没有跟目标打招呼。

目标把一直背在肩上的铺盖卷儿放下来了，他的铺盖卷儿也是用蛇皮塑料袋子装的。并没人做出规定，可近年来，外出打工的人几乎都是用蛇皮袋子装铺盖。若看见一个人或一群人，背着臃肿的蛇皮袋子在路边行走，不用问，那准是从乡下出来的打工族。蛇皮袋子仿佛成了打工者的一个标志。目标把铺盖卷儿放得和宋金明的铺盖卷儿比较接近，而且都是站立的姿势。在别人看来，这两个铺盖卷儿正好是一对。宋金明注意到了目标的这一举动。他拿铺盖卷儿做道具，他的道具还没怎么耍，有人就跟他的道具攀亲家来了。有那么一瞬间，他产生了一点错觉，仿佛不是他钓人家，而是打了颠倒，是人家来钓他，准备把他钓走当点子换钱。他的心里狠狠打了一个手势，赶紧把错觉赶走了。

目标嗽了嗽喉咙，问宋金明刚才说的矿在哪里。

宋金明说了一个大致的地方。

目标认为那地方有点远。

"那是的，挣钱的地方都远，近处都是花钱的地方。"

"你是说，去那里一个月能挣九百块？"

"九百块是起码数，多了就不敢说了。"

"你一个人去？"

"不，还有一个伙计，在那边等我。我来买票。"

目标不说话了，低着头，一只脚在地上来回擦。他穿的是一种黑胶和黑帆布黏合而成的棉鞋，这种鞋内膛较大，看上去笨头笨脑。宋金明知道，一些缺乏自信的打工者，都愿意把有限的钱藏在这种棉鞋里。他不知道这个家伙鞋膛里是不是有钱。宋金明试探似的把目标的棉鞋盯了盯，目标就把脚收回去了，两只脚并在了一处。宋金明看出来了，他选定的目标是一个老实蛋子。在眼下这个世界，是靠头脑和手段挣钱。像这种老实蛋子，虽然也有一把子力气，但到哪里都挣不到什么钱，既养活不了老婆，也养活不了孩子。这样的笨蛋只适合给别人当点子，让别人拿他的人命一次性地换一笔钱花。

目标开始咬钩了，他问宋金明："我跟你们一块儿去可以吗?"

宋金明没有答应，他还得继续拿钓饵吊目标的胃口，让自愿上钩者把钢钩咬实，他说："恐怕不行，人家只要两个人，一下子去三个算怎么回事。"

目标说："我去了，保证不跟你们争活儿，要是没我的活儿干，我马上回家。我说话算话，你要是不信，我可赌咒。"

宋金明制止了他的赌咒。赌咒是笨人才用的办法。笨人没办法让别人相信他，只有采取精神自残的赌咒作践自己。赌咒算个狗屁，现在都什么时候了，谁还相信咒语? 宋金明说："这事我说了不算，活儿是我那个伙计联系的，只能跟他说一下试试。"

宋金明领着目标往小饭店走。走到那个头一直磕在地上的老妇人跟前，宋金明让目标等等，从口袋里掏出一把钱，抽出一张一块的，丢进老妇人的茶缸里去了。老妇人这才抬起头来，但很快把头磕下去，说："好人一路平安，好人一路平安……"宋金明走到那个抱孩子的年轻女人面前，一下子往茶缸里放了两块钱。年轻女人说的话跟老妇人的话是一个模子，也是"好人一路平安"。

跟在宋金明身后的目标想跟宋金明学习也给乞丐舍点钱，但他的手在口袋里摸索了一会儿，到底没舍得掏出钱来。

唐朝阳看见了宋金明带回的点子，故意装作看不见，只问宋金明买票了没有。

宋金明说："还没买。这个师傅想跟咱一块儿去干活儿。"

唐朝阳登时恼了，说："扯淡，什么师傅！我让你去买票，你带回个人来，这个人是能当票用，还是能当车坐！"

宋金明喏喏着，做出理亏的样子，解释说："我跟他说了不行，他还是想见见你。不信你问问他，我说了不行没有？"

点子说："不能怨这位师傅，他确实说过不行。我一听他说你们准备去矿上干，就想跟你们搭个伴，去矿上看看。"

"怎么，你在矿上干过？"

"干过。"

唐朝阳和宋金明很快地交换一下眼神，唐朝阳的口气变得稍微缓和些。他要借机把这个点子调查一下，看他都在哪个地方的矿干过，凡是他去过的矿，就不能再去，以免露出破绽，留下隐患。唐朝阳说："看不出你还是挖煤的老把式，你都在什么地方干过？"

点子说了两个矿名。

唐朝阳把两个矿名默记一下，又问点子："这两个矿在哪个省？"

点子说了省名。

调查完毕，唐朝阳还向点子问了一些闲话，比如这两个矿怎么样，能不能挣到钱。点子一一做了回答。这时，唐朝阳还不松口，还在玩欲擒故纵的把戏，他说："不行啊，我看你岁数太大了，我怕人家不要你。"

点子说："我长得老相，显得岁数大。其实我还不到四十岁，虚岁才三十八。"

唐朝阳没有说话，微笑着摇了摇头。

点子不知是计，顿时沮丧起来。他垂下头，眼皮眨巴着，看样子要把眼睛弄湿。

唐朝阳看出点子在做可怜相，真想在点子面门上来一记直拳，把点子捅一个满脸开花。这种人没别的本事，就会他妈的装装可怜相，让人恶心。这种可怜虫生来就是给人做点子的，留着他有什么用，办一个少一个。唐朝阳已经习惯了从办的角度审视他的点子，这好比屠夫习惯一见到屠杀对象就考虑从哪里下刀一样。这个点子戴一顶单帽子，头发不是很厚，估计一石头下去能把颅顶砸碎。即使砸不碎，也能砸扁。他还看到了点子颈椎上鼓起的一串算盘子儿一样的骨头，如果用镐把从那猛切下去，点子也会一头栽倒，再也爬不起来。不过，在办的过程中，稳准狠都要做到，一点也不能大意。他同时看出来了，这个点子是一个肯下苦力的人，这种人经过长期的劳动锻炼，都有一股子笨力，生命力也比较强。对这种人下手，必须一家伙打蒙，使他失去反抗能力，然后再往死里办。要是不能做到一家伙打蒙，事情办起来就不能那么顺利。想到这里唐朝阳凶巴巴地笑了，骂了一句说："你要是我哥还差不多，我跟人家说说，人家兴许会收下你。"

宋金明赶紧对点子说："当哥还不容易，快答应当我伙计的哥吧。"

　　点子见事情有了转机，慌乱不知所措，想答应当哥又不敢应承。

　　"你到底愿意不愿意当我哥？"唐朝阳问。

　　"愿意，愿意。"

　　"那你姓什么？叫什么？"

　　"姓元，叫元清平。"

　　"还有姓元的，没听说过。那，老'元'不就是老鳖吗？"

　　"是的，是老鳖。"

　　"要当我的哥，你就不能姓元了。我姓唐，你也得姓唐。"

　　唐朝阳对宋金明说："宋老弟，你给我哥起个名字。"

　　宋金明早就准备好了一串名字，但他颇费思索似的说："我这位老兄叫唐朝阳，这样吧，你就叫唐朝霞吧。"

　　唐朝阳说："什么唐朝霞，怎么跟个娘儿们名字似的。"

　　宋金明说："先是朝霞，后有朝阳，他是你哥，叫朝霞怎么不对！"

　　点子已经认可了，说："行行，就叫唐朝霞。"

　　唐朝阳对宋金明说："妈的，你还挺会起名字，起的名字还有讲头。"他冷不丁地叫了一声："唐朝霞！"

　　叫元清平的人一时没反应过来，好像不知道凭空而来的唐朝霞是代表谁，有些愣怔。

　　"妈的，我喊你，你怎么不答应！"

　　元清平这才愣过神来，哎哎地答应了。

　　"从现在起，那个叫元清平的人已经死了，不存在了，活着的是唐朝霞，记清楚啦？"

"记清楚了！"

"哥！"唐朝阳又考验似的喊了一声。

这次改名唐朝霞的人反应过来了，只是他答应得不够气壮，好像还有些羞怯。

唐朝阳认为这还差不多。"这一弄，我们成了桃园三结义了。"他招呼端盘子的小姑娘，"来，再上两碗羊肉汤，四个烧饼。"

宋金明知道唐朝阳把刚才要的两碗羊肉汤都用了，却明知故问："你呢？你不吃啦？"

唐朝阳说他刚才饿得等不及，已吃过了。这是给他们两个要的。

唐朝霞说他不吃，他刚才吃过饭了。

唐朝阳说："我们既然成了兄弟，你就不要客气。"

"吃也可以，我是当哥的。应该我花钱，请你们吃。"

唐朝阳又翻下脸子，说："你有多少钱，都拿出来！"

唐朝霞没有把钱拿出来。

"再跟我外气，你就不是我哥，你走你的阳关道，我钻我的黑煤窑！"

唐朝霞不敢再外气了。从唐朝阳野蛮的亲切里，他感到自己遇上够哥们儿的好人了。他哪里知道，喝了保健羊肉汤，一跟人家走，就算踏上了不归之路。

三

他们三人坐了火车坐汽车，坐火车向北，然后坐长途汽车往西扎，一直扎到深山里。山里有了积雪，到处白茫茫的。这里的小煤窑不少，哪里把山开膛破肚，挖出一些黑东西来，堆在雪地里，哪里就是一座小煤窑。一些拉煤的拖拉机喘着粗气在山区路上爬行。路况不太好，拖拉机东倒西歪，像是随时会翻车。但它们没有一辆翻车的，只撒下一些碎煤，就走远了。山里几乎看不见人，也没什么树木。只能看见用木头搭成的三脚井架，和矮趴趴的屋顶上伸出的烟筒。还好，每个烟筒都在徐徐冒烟，传达出屋子里面的一些人气。唐朝阳往来路打量了一下，嫌这里还不够偏远，带着宋金明和唐朝霞继续西行。他胸有成竹的样子，说快到了。他们还拦了一辆拉煤的空拖拉机，爬上了后面的拖斗。司机说："小心把你们冻成肉棍子！"唐朝阳说："冻得越硬越好，用的时候就不用吹气了。"他们又往西走了几十里，唐朝阳选了一处窑口堆煤比较少的煤窑，他们才下了路，向小煤窑走去。接近窑口一侧的房子时，唐朝阳让宋金明和唐朝霞在外面等一会儿，他去找窑主接头。

宋金明和唐朝霞找到屋后一个背风的地方，冻得缩着脖，揣着手，来回乱走。按以往的经验，唐朝霞没几天活头了，顶多不会超过一星期。于是，宋金明就想跟唐朝霞说点笑话，让他在有限的日子里活得愉快些。他问："唐朝霞，你老婆长得漂亮吗？"

"不漂亮。"

"怎么不漂亮？"

"大嘴岔子。"

"嘴大了好哇，听人说女人嘴大，下面也大，生孩子利索。你老婆给你生了几个孩子？"

"两个，一个男孩儿，一个女孩儿。"

"男孩儿大女孩儿大？"

"男孩儿大。"

"女孩多大了？"

"十四。"

"让你闺女给我当老婆怎么样，我送给她一万块钱当彩礼。"

唐朝霞恼了，指着宋金明说："你，你……你骂人！"

宋金明乐了，说："你大爷，跟你说句笑话你就当真了。我老婆成天价在家里闲着，我还娶你闺女干什么。说实话，我现在最担心的就是我老婆跟别人睡。我问你，你长年在外面跑，你老婆会不会跟别的男人？"

"不会。"

"你怎么敢肯定不会？"

"我们那儿的男人都出来了。"

"噢，原来是这样，拔了萝卜净剩坑了。哎，你给我写个条，我去找嫂子干一盘怎么样？"

这一次唐朝霞没恼，说："想去你去呗，写条干什么！"

大约有一袋烟的工夫，唐朝阳从窑主屋里出来了，站在门口喊："哥，哥。"

宋金明和唐朝霞赶紧从屋子后面转出来，向唐朝阳走去，这时窑主也从屋里出来了。窑主上身穿着皮夹克，下身穿着皮裤，脚上还穿着黑皮鞋，从上到下全用其他动物的皮包装起来。窑主的装束全是黑的，鼓鼓囊囊，闪着漆光。有一种食粪的甲虫，浑身上下就是这般华丽。窑主出来并不说话，嘴里咬着一个长长的琥珀色的烟嘴，烟嘴上安着点燃的香烟。唐朝阳把唐朝霞介绍给窑主，说："这是我哥。"

窑主瞥了一眼唐朝霞，没有说话。

唐朝霞往唐朝阳身边贴了贴，说："这是我弟弟，亲弟弟。"

窑主说："废话！"

唐朝阳又把宋金明介绍给窑主，说："他是我们的老乡，跟我们一块儿来的。"

窑主把牙上咬着的烟嘴取下来，弹了一下烟灰，问："你们真的下过窑？"

三个人都说真的下过。

"最近在哪儿下的？"

唐朝阳说了一个地方。

"为什么不在那儿下啦？"窑主问话的声音并不高，但里面透出步步紧逼的威严，仿佛要给外面闯进山里来的陌生人来一个下马威。

这当然难不住唐朝阳和宋金明，他们有一整套对付窑主的办法，或者说，他们干的营生就是专门从窑主口袋里挖钱，对每一个装腔作势的窑主，他们都从心里发出讥笑。但他们表面上装得很谦卑，甚至有些猥琐，跟没见过任何世面的土包子一样。唐朝霞就是这种样子。不过，他的样子不是装出来的，是真的。他已经被窑主的威严吓住了。

唐朝阳答："那个矿冒了顶，砸死了两个人。"

窑主说："死两个人算什么！吃饭就要拉屎，开矿就要死人，怕死就别到窑上来！"

唐朝阳连连点头称是。他确实很赞成窑主的观点，心里说："你说得真对，老子就是来给你送死人的，你等着吧！"

宋金明补充说："按说死两个人是不算什么，可是，死人的事不知怎么走漏了消息，上面的人坐着小包车到那个矿上一看，马上宣布停产整顿。"

窑主不爱听这个，手挥了一下，说："整顿个蛋，再整顿也挡不住死人！"

宋金明还有话要说，这些话都是经过他精心构思的，是经过实践证明行之有效的。他把这些话说出来，是要刺激一下窑主，让窑主把信息储存在脑子里。这样，就等于为下一步和窑主讲条件埋下了伏笔，到时他把伏笔稍微利用一下，窑主就得小心着，他就可以牵着窑主的鼻子走。他说："我们在那里等了几天，想跟矿主算一个账。干等着也见不到矿主的面。后来才知道，矿主也被人家上面的人……"

窑主打断了宋金明的话。他果然受到了刺激，有些存不住气，说："咱丑话说在前面，我也不能保证我这个矿不死人。有句话说得好，要奋斗就会有牺牲，死人的事是经常发生的。当然了，谁开矿也不希望死人。这样吧，你们干两天我看看。我说行你们就接着干。我看着不是那么回事，你们马上卷铺盖走人。这两天先不发钱，算是试工。按说我应该收你们的试工费，看你们都是远地方来的，挣点钱不容易，试工费就免了。"

三个人连说："谢谢矿主。"

下窑第一天，唐朝阳和宋金明没有动手消灭代号为唐朝霞的点子，他们把力气暂时用在消灭煤炭上了。他们一到窑底，就起了杀人的心，就想把点子办掉。但窑主要试工，他们就得先忍着。等试工结束，窑主签下一份使用他们的字据，再把点子办掉，窑主就赖不掉账了，唐朝阳和宋金明不时地交换一下眼色，他们的眼睛在黑暗里闪闪发亮。在他们看来，窑底下太适合杀人了，简直就是天然的杀人场所。把矿灯一熄，窑底下漆黑一团，比最黑暗的夜都黑，窑底下没有神，没有鬼，离天和地也很远，杀了人可以说神不知，鬼不知，天不知，地不知。就算杀人时会发出一些钝声，被杀者也许会呻吟，但窑底和上面的人间隔着千层岩万仞山，谁会听得见呢！窑底是沉闷的，充满着让人昏昏欲睡的腐朽的死亡气息，人一来到这里，像服用了某种麻醉剂一样，杀人者和被杀者都变得有些麻木。不像在地面的光天化日之下，杀一个人轻易就被渲染成了不得的大事。更主要的是，窑底自然灾害很多，事故频繁，时常有人竖着进来，横着出去。在窑底杀了人，很容易就可说成天杀，而不是人杀。唐朝阳和宋金明以前就是这么干的，他们很好地利用了窑底下的自然条件，把杀人夺命的事毫无保留地推给了窑下的压力、石头，或木头梁柱。这一次，他们也准备照此办理。

他们三个包了一个采煤掌子，打眼，放炮，用镐刨，把煤放下来，然后支棚子。他们三个人都很能干。特别是唐朝霞，定是为了表现一下自己，以赢得两个伙伴的信任，他冲在放煤前沿，干得满头大汗，一会儿都不闲着。如果单从干活的角度看，点子唐朝霞的确算得上一位挖煤的好把式。可是，挖出的煤再多，卖的钱也都让窑主得了，他们才能挣多少一点钱呢！宋金明在心里对他们的点子说，对不起，只好借你的命用用。

负责往外运煤的是另外两个窑工，他们领来一辆骡子拉着的带胶皮轱辘的铁斗子车，装满一车，就向窑口底部拉去。把煤卸在那里，返回来再装再拉。每当空车返回来时，唐朝霞就抄起一把大锹，帮人家装车。当着运煤工的面，唐朝阳愿意表现一下对唐朝霞的亲情，他夺过唐朝霞手中的大锹，说："哥，你歇会儿，我来装。"手中没有了大锹，唐朝霞仍不闲着，用双手搬起大些的煤块往车上扔。唐朝阳对哥的爱护进一步升级，他以生气的口气说："哥，哥，你歇一会儿行不行！你一会儿不磨手，手上也不会长牙！"唐朝霞以为唐朝阳真在爱护他，也承认唐朝阳是他弟弟，说："老弟，你放心，累不着你哥。"

这一天，全窑比平常日子多出了好几吨煤，窑主感到满意。

第二天，唐朝阳和宋金明仍没有打死点子。兄弟和哥哥的关系似乎更亲密了。窑主到他们所在的采煤掌子悄悄观察时，唐朝阳仿佛长着第三只眼睛，窑主往掌子边一站，他就知道了。但他装作什么也不知道，只是不离唐朝霞身边，左一个哥右一个哥地叫。唐朝霞正用一只铁镐刨煤帮，他一把将唐朝霞拖开了，说："哥，小心片帮！"他夺过哥手中的铁镐，要自己去刨。哥不松铁镐，说："兄弟，没事，片不了帮！"兄弟说："没事也不行，万一出点事就晚了。咱爹对咱们是咋说的，说钱挣多挣少没关系，千万要注意安全！"兄弟一提"咱爹"，当哥的也得随着往"咱爹"上想。当哥的爹已经死了，眼下要重新认一个"咱爹"，他脑子里还得转一个弯子。他转弯子时，手稍有放松，他的好兄弟就把铁镐夺过去了。唐朝阳身手矫健，镐尖刨在煤帮上像雨点一样，而落煤纷纷流泻下来，汇积如雨水。

宋金明心里明镜似的，暗骂唐朝阳真他妈的会演戏，戏越演越熟练了。他的戏演得越熟练，越充满亲情味，点子越死得不明白，窑主也会进到戏里出不来。

窑主说话了："看来你们真在别的矿上干过。"

"是矿主哇，你老人家是不是检查我们的工作来啦？"唐朝阳说。

"说不上检查，随便下来看看。什么矿主矿主的，我听着怎么跟称呼地主一样，我姓姚。"

唐朝阳改称他姚矿长。

窑主身边还站着一个人，大概是窑主的随从或保镖一类的人物。窑主到窑下来，牙上还咬着那根琥珀色的长烟嘴，只是烟嘴上没有安烟。窑主把烟嘴取下来指点着他们说："我记住了，你们俩姓唐，是弟兄俩；你姓宋。不错吧？"

"姚矿长真是好记性。怎么样，姚矿长能给我们一碗饭吃吗？"宋金明问。

"吃饭好说，关键是泡妞儿。你们挣那么多钱，泡妞儿不泡？"

对这个突如其来的问题，三个人的反应不尽一致，宋金明的回答是："不泡，泡不起。"唐朝霞不知没听清还是没听懂，他问："泡什么？"唐朝阳理解，窑主这是在跟他们说笑话，透露出对他们的认可，愿意跟他们打成一片，他问："上哪儿泡？"

窑主说："哪儿不能泡！哪儿有水，哪儿就有妞儿，哪儿能洗脚，哪儿就能泡妞儿。"

唐朝阳说："妞儿谁不想泡，人生地不熟的，我们不敢哪。"

窑主笑了，说："那有什么可怕，见妞儿就泡，替天行道。替天行道你们懂不懂，这是老天爷交给你们的光荣任务。你们要是完不成任务，或者任务完成得不好，老天爷下辈子就把你们的家伙剜掉，把你们变成妞儿，让人家泡你们。"

唐朝阳虚心地说："姚矿长这么一说，我们就懂了。等姚矿长给我们发了饷，我们争取完成任务。"

唐朝霞像是这才把泡妞儿的话听懂了，他嘿嘿地笑着，显得很开心。

这天上了窑，窑主就着人通知他们，试工结束，他们可以在本矿干了，多劳多得，实行计件工资。工资一月一发。希望他们春节期间也不要回家，春节期间工资翻倍。

宋金明和唐朝阳找到窑主，问能不能签一个正式的用工合同。

窑主说："签什么合同，我这里从来不兴签那玩意儿。石头凿的煤窑，流水的窑工。想在我这儿挣钱，就挣。不想挣了，自有人挤着脑袋来挣。"

二人只好作罢。

四

事情不宜再拖，第四天，唐朝阳宋金明做出决定，在当天把他们领来的点子在窑下办掉。

唐朝阳和宋金明都听说过，不管哪朝哪代，官家在处死犯人之前，都要优待犯人一下，让犯人吃一顿好吃的，或给犯人一碗酒喝。依此类推，他们也要请唐朝霞吃喝一顿，好让唐朝霞酒足饭饱地上路。这种送别仪式是在第三天晚上从窑下出来时举行的。他们三个人，乘坐一个往上拉煤的敞口大铁罐从窑底吊上来时，上面正下大雪。冬日天短，他们每天上窑，天都黑透了。今天快升到窑口时觉得上头有些发白，以为天还没黑透呢。等雪花落在脖子里和脸上，他们才知道下大雪了。宋金明说："下雪天容易想家，咱们喝点酒吧。"

唐朝阳马上同意："好，喝点酒，庆贺一下咱们顺利留下来做工的事。咱先说好，今天喝酒我花钱，我请我哥，宋老弟陪着。你们要是不让我花钱，这个酒我就不喝。"

不料唐朝霞坚持他要花钱，他的别劲上来了，说："要是不让我花钱，我一滴子酒都不尝。我是当哥的，老是让兄弟请我，我还算个人吗！"他说得有些激动，好像还咬了牙，表明他花钱的决心。

唐朝阳看了宋金明一眼，做出让步似的说："好好好，今天就让我哥请。长兄比父，我还得听我哥的。反正手心手背都是肉，我弟兄俩谁花钱都是一样。"

他们没有洗澡，带着满身满脸的煤粉子，就向离窑口不远的小饭馆走去。窑上没有食堂，窑工们都是在独此一家的小饭馆里吃饭。小饭馆是当地一家三口人开的，夫妻俩带着一个女儿，据说小饭馆的女老板是窑主的亲戚。等走到小饭馆门口，他们全身上下都不黑了，雪粉覆盖了煤粉，黑人变成了白人。女老板热情地迎上去递给他们扫把，让他们扫身上的雪。雪一扫去，他们又成了黑人，只是眼白和牙齿还是白的。唐朝阳让唐朝霞点菜。唐朝霞说不会点。唐朝阳点了一份猪肉炖粉条，一份白菜煮豆腐，一份拆骨羊头肉，还要了一瓶白酒。唐朝霞让唐朝阳多点几个菜，说吃饱喝饱不想家。点好了菜，唐朝霞说他去趟厕所，出去了。宋金明估计，唐朝霞一定是借上厕所之机，从身上掏钱去了，他的钱不是缝在裤衩上，就是藏在鞋里。宋金明没把他的估计跟唐朝阳说破。

宋金明估计得不错，唐朝霞到屋后的厕所撒了一泡尿，就蹲下身子，把一只鞋脱下来了。鞋舌头是撕开的，里面夹着一个小塑料口袋。唐朝霞从塑料口袋里剥出两张钱来，又把钱口袋塞进棉鞋舌头里去了。

菜上来了，酒倒好了，唐朝霞说喝吧，那二人却不端杯子。唐朝阳看着唐朝霞说："你是当哥的，今儿又是你花钱，你不喝谁敢喝。"宋金明附和唐朝阳说："你是朝阳的哥，就等于是我的哥，千里来走窑，这是咱们的缘分哪！大哥，你说两句吧。"

唐朝霞眨巴眨巴黑脸上的眼白，喉咙里吭哧了一会儿才说："我不会说话呀，我说啥呢，你们两个都是好人，我遇上好人了，天底下还是好人多呀。从今以后，咱弟兄们同甘苦，共患难，来，咱们一块儿喝，喝起。"唐朝霞把一杯酒喝干了，摇摇头，说他不会喝酒，喝两杯就上头。

唐朝阳和宋金明计划好了要"优待"他们的点子一下，用酒肉给点子送行，他们当然不会放过点子唐朝霞。于是，这两个笑容满面的恶魔，轮番把点子喊成大哥，轮番向点子敬酒。等不到明天这个时候，他们的点子就该上西天去了，他们已提前看到了这一点。在敬酒的时候，他们话后面都有话，像是对活人说的，又像对死人的魂灵说的。一个说："大哥，我敬你一杯，喝了这杯你就舒服了。"另一个说："大哥，我敬你一杯，喝这杯，你就能睡个踏实觉，就不想家了。"一个说："大哥，我再敬你一杯，喝了这杯，我有什么做得不对的地方，你就可以原谅我了。"另一个说："大哥，我再敬你一杯，我祝你早日脱离苦海，早日成仙。"唐朝霞的舌头已经发硬，他说："喝，死……死我也要喝……"唐朝霞提到了死，跟那两个人心中的阴谋对了点子，两个人不免吃了一惊，互相看了一下。

唐朝阳突然抱住唐朝霞的一只手，很动感情地对唐朝霞说：

"哥，哥，我对你照顾得不好，我对不起你呀！"

唐朝霞大概受到了感染，加上他喝多了酒，真把唐朝阳当成自己一娘同胞的亲兄弟了，他说："兄弟，我看你是喝多了，不是兄弟你对不起哥，是哥对你照顾不周，对不起你呀！"唐朝霞说着，两眼竟流出了泪水。泪水把眼圈的煤粉冲洗掉了，眼肉显得特别红。

女老板和女儿见他们说着外乡话，交谈得这么动感情，站在灶间门里向他们看着。女老板对女儿说："这弟兄俩真够亲的。"

唐朝阳和宋金明把唐朝霞架着拖进做宿舍用的一眼土窑洞里，唐朝霞往铺着谷草垫子的地铺上一瘫软，就睡去了。雪停了，灰白的寒光一阵阵映进窑洞。唐朝阳也睡了。宋金明担心唐朝霞因用酒过度会死过去，那样，他们千里迢迢弄来的点子就作废了，他们就会空喜欢一场。他把点子的脸扭得迎着门口的雪光，用巴掌拍着点子死灰般的脸，说："哎，哥们儿，醒醒，起来脱了衣服睡，你这样会着凉的。"点子没有反应。他又把点子看了看，看到了点子脚上穿着的棉鞋。他心生一计，脱下点子的棉鞋试一试，看看点子的钱是不是藏在棉鞋里。"来，我帮你把鞋脱掉。"他两手抓住点子的一只鞋刚要往下脱，点子脚一蹬，把他蹬开了。点子嘴里还含混不清说了一句什么。宋金明顿时有些激动，他试出来了，点子没有死。更重要的是，点子的钱藏在鞋里是毫无疑问的了。这个秘密他不能让唐朝阳知道，等把点子办掉后，他要相机把点子藏在鞋里的钱取出来，自己独得。这时，唐朝阳说了一句话，唐朝阳说："睡吧，没事。"宋金明的一切念头正在鞋里，唐朝阳猛地一说话，把他吓了一跳。在那一瞬间，他产生了一点错觉，仿佛他正从鞋里往外掏钱，被唐朝阳看见了。为了赶走错觉，他问唐朝阳："你还没睡着吗？"唐朝阳没有吭声。他不能断定，刚才唐朝阳说的是梦话，还是清醒的话。也许唐朝阳在睡梦里，还对他睁着一只眼呢，他对这个阴险而歹毒的家伙还是多加小心才是。

说来他们把点子办掉的过程很简单，从点子还是一个能打能冲的大活人，到办得一口气不剩，最多不过五分钟的时间，称得上干脆、利索。

人世间的许多事情都是这样，准备和铺垫花的时间长，费的心机多，结果往往就那么一两下就完事了。十月怀胎，一朝分娩，说的就是这个意思。

在打死点子之前，他们都闷着头干活儿，彼此之间说话很少。唐朝阳没有再和生命将要走到尽头的点子表示过多的亲热，没有像亲人即将离去时做的那样，问亲人还有什么话要说。他把手里的镐头已经握紧了，对唐朝霞的头颅瞥了一次又一次。在局外人看来，他们三个哥们儿昨晚把酒喝兴奋了，今天就难免有些压抑和郁闷，这属于正常。

二人一边说话，一边观察点子，看点子唐朝霞笑不笑。唐朝霞没有笑。今天的唐朝霞，情绪不大对劲，像是有些焦躁。唐朝阳打了一个眼，他竟敢指责唐朝阳把眼打高了，说那样会把天顶的石头崩下来。唐朝阳当然不听他那一套，问他："是你技术高还是我技术高？"

唐朝霞偏头偏脸，说："好好，我不管，弄冒顶了你就不能了。"

"我就是要弄冒顶，砸死你！"唐朝阳说。

宋金明没料到会出现这种局面，唐朝阳这样说话，不是等于露馅了吗？他喝住唐朝阳，质问他："你怎么说话呢？有对自己哥哥这样说话的吗？你说话不知道轻重？不像话！"

唐朝霞赌气退到一边站着去了，嘴里嘟囔着说："砸死我，我不活，行了吧！"

唐朝阳的杀机被点子的话提前激出来了，他向宋金明递了个眼色，意思是他马上就动手。他把铁镐在地上拖着在向点子身边接近。

宋金明制止了他，宋金明说："运煤的车来了。"

唐朝阳听了听，巷道里果然传来了骡子打了铁掌的蹄子踏在地上的声响。亏得宋金明清醒，在办理点子的过程中，要是被运煤的撞见就坏事了。

运煤的车进来后，唐朝霞就不赌气了，抄起大锹帮人家装煤。这是这个人的优点，跟人赌气不跟活儿赌气，不管怎样生气不影响干活儿。如此肯干的好劳动力撞在两个黑了心的人手里，真是可惜了。

骡子的蹄声一消失，两个人就下手了，宋金明装着无意之中把点子头上戴的安全帽和矿灯碰落了，他这是在给唐朝阳创造条件，以便唐朝阳直接把镐头击打在点子脑袋上，一家伙把点子结果掉。唐朝阳心领神会不失时机，趁点子弯腰低头捡安全帽，他镐起镐落，一下子击在点子的侧后脑上。他用的不是镐尖，镐尖容易穿成尖锐的伤口，使人怀疑是他杀。他把镐头翻过来使用镐头的铁库子部分，将镐变成一把铁锤，这样怎样击打出现的都是钝伤，都可以把责任推给不会说话的石头，当铁镐与点子头颅接触时，头颅发出的是一声闷响，一点也不好听，人们形容一些脑子不开窍的人，说闷得敲不响，大概就是指这种声音。别看声音不响亮，效果却很好，点子一头拱在煤窝里了。

点子唐朝霞没有喊叫，也没有发出呻吟，他无声无息地就把嘴巴啃在他刚才刨出的黑煤上了，他尽力想把脸侧转过来，看一看究竟发生了什么事，但他的努力失败了，他的脸像被焊在煤窝里一样怎么也转不动，还有他的腿，大概想往前爬，但他一蹬，脚尖那儿就一滑，他的腿也帮不上他的忙了。

紧接着，唐朝阳在他"哥哥"头上补充似的击打了第二镐，第三镐，第四镐。当唐朝阳打下第二镐时，唐朝霞竟反弹似的往前蹿了一下，蹿得有一尺多远，可把唐朝阳和宋金明吓坏了。不过他们很快发现，唐朝霞在蹿过之后，腿杆子就抖颤着往直里伸，当直得不能再直，突然间就不动了。正如平常人们说的，他已经"蹬腿"了。

尽管如此，宋金明还是搬起一块石头，重重地砸在唐朝霞头上了。这一石头，他是在为自己着想，是为下一步的效益平均分配打下更坚实的基础。石头砸下去后，就压在唐朝霞头上没有弹起来。有血从石头底下流出来了，静静的，流得不慌不忙，看样子血的浓度不低，血的颜色一点也不鲜艳，看上去不像是红的，像是黑的。在矿灯的照耀下，血流的表面发出一层蓝幽幽的光，在不通风的采煤掌子，一股腥气迅速弥漫开来。

唐朝阳和宋金明对视了一下，脸上露出胜利的微笑。

这是他们联手办掉的第三个点子。

不知出于何种心理，宋金明上去把压在唐朝霞后脑上的石头用脚蹬开了，并把唐朝霞的身子翻转过来。刚把唐朝霞的身子翻得仰面朝上，宋金明就有些后悔，他看见，唐朝霞的双眼是睁着的，睁得比平时更大。他说："看什么看，再看你也不认识我们。"他抓起煤面子往唐朝霞两只眼上撒。奇怪，煤面子撒在唐朝霞的眼上，唐朝霞的眼球不光眨都不眨，好像睁得更大了。唐朝霞的眼睛上好像有一层玻璃质，煤面子一落上去就自动滑脱了，无奈，宋金明只得又把唐朝霞翻得眼睛朝下。

这时，唐朝阳跟宋金明开了一个不合时宜的玩笑，他说："我哥记住你了，小心我哥到阴间跟你算账！"

宋金明骂了唐朝阳一句狠的，还说："闭上你那破嘴！"

为了使事情做得更逼真，他们又往顶板上轰了一炮，轰下许多石头来，让石头埋在唐朝霞身上，这样一制造，不管让谁看，都得承认唐朝霞是死于冒顶事故。

五

运煤的车返回来后，唐朝阳刚听到一点骡子的蹄声，就嘶声喊叫起来："哥，哥，你在哪儿啊……"

宋金明迎着运煤的车跑过去说："快快，掌子面冒顶了，唐朝阳的哥哥埋进去了！"

两个运煤的窑工二话没说，丢下骡子车，让骡子自己拉着走，他们跑着，随宋金明到掌子面去了。

唐朝阳一边扒石头，一边哭喊："哥，哥，你千万别出事！哥，哥，你听见了吗？你一定要挺住！"

宋金明和两个运煤的窑工也扒上去帮着扒，其中一个窑工安慰唐朝阳说："别哭别哭，你哥哥兴许还有救。"

骡子自己拉着铁斗子车到掌子面来了，到了掌子面它就站下了。骡子似乎对人类的小伎俩早就看透了，既不愿多看，也不屑于看，它目光平静，一副超然的神态。

唐朝霞被扒出来了，唐朝阳把他扶得坐起来，晃着他的膀子喊："哥，你醒醒！哥，你说话呀！哥，我是朝阳，我是你弟弟朝阳啊……"

　　这趟车没有装煤，他们把喊不应的唐朝霞抬到车斗子里，由唐朝阳怀抱着，向窑口方向拉去。把唐朝霞放进铁罐里往地面上提升时，唐朝阳和宋金明都同时上去了。铁罐提到半道，宋金明捅了唐朝阳的肚子一下，提醒他流眼泪。唐朝阳说："去你的，你还怪舒服呢！"

　　铁罐一见天光，唐朝阳复又哭喊起来，他这次喊的是"救命啊，快救命——"在窑上的人听来，像是唐朝阳自己的生命受到了严重威胁。

　　窑主听见呼救跑过去了，问怎么回事，窑主并不显得十分慌张，手里还拿着烟嘴和烟。

　　宋金明从铁罐里翻出来了，唐朝阳搂抱着唐朝霞的脖子，一时还没出来。唐朝阳弄得满身是血，脸上也有血，在光天化日之下，血显得比较红了。唐朝阳没有立即回答窑主的问话，而是把唐朝霞搂得更紧些，哭着对唐朝霞说："哥，你醒醒，矿长来了，救命恩人来了！"他这才对矿长说，"我哥受伤了，赶快把我哥送医院，救救我哥的命！"

　　窑主转身问宋金明怎么回事。

　　宋金明受冻不过似的全身抖颤着，嘴唇子苍白得无一点血色，说："掌子面冒顶了，把唐朝霞埋进去了。我和唐朝阳扒出来的，要是唐朝霞有个好歹，我们怎么办呢！"他声音颤抖着，流出了眼泪。

　　唐朝阳和宋金明是交叉感染，互相推动。见宋金明流了眼泪，唐朝阳做悲做得更大些，喊道："哥，哥呀，你这是怎么啦，你千万不能走哇，你赶快回来，咱们回去过年，咱不在这儿干了——"他痛哭失声，眼泪流得一塌糊涂。

听见哭声，窑上的其他工作人员，在窑洞里睡觉的窑工，还有小饭馆的一家人，都跑过来了。窑主让人快拿副担架来，放到担架上。他挥着手，让别的人都散开，该干什么干什么，这里没什么可看的。围观的人都没有散开，他们退后了一两步，又都站下了。

唐朝霞被放置在担架上之后，唐朝阳还是嚷着赶快把他哥送医院抢救。一个围观的人说："不行了，肯定没救了，头都砸瘪进去了，再抢救也是白搭。"

小饭馆的女老板看见唐朝霞睁着的眼睛，吓得惊叫一声，急忙掩口，说："哎呀，吓死我了，还不赶快把他的眼皮给他合上。"

窑主猛吸了两口烟，蹲下身子，颇为内行似的给唐朝霞把脉，同时看了看唐朝霞的眼睛。把完脉，看完眼睛，窑主站起来了，说："脉搏一点也没有了，瞳孔也放大了，看来人是不行了。"窑主让两个人把死者抬到澡堂后面那间小屋里去。

唐朝阳像是不同意窑主做出的结论，哭嚷着："不，不，我哥昨天还好好的，我们还一块儿喝酒，怎么说不行就不行了呢?"

窑主说："这要问你们自己，你们说自己技术多么高，结果怎么样?刚干几天就冒了顶，就给我捅了这么大的娄子。"

唐朝阳和宋金明都听见了，窑主把他们的说法接过去了，也说事故是冒顶造成的。这说明他们已经初步把自以为是的窑主蒙住了，窑主没有怀疑唐朝霞的死因，这使他们甚感欣慰和踏实。

宋金明把冒顶的说法又强调了一下，他说："谁愿意让冒顶呢，谁也不愿意让冒顶。矿长对我们不错，我们正想好好干下去，谁想到会出这么大的事呢！"

澡堂后面的小屋是一间空屋，是专门停尸用的，类似医院的太平间，唐朝霞被放在停尸间后，那些围观的人也跟过去了。窑主发脾气，说："你们谁他妈的不走，我就把谁关进小屋里去，让谁在这里守灵！"那些人这才退走了。

小屋有门无窗，屋前屋后都是雪，门是板皮钉成的，发黑的板皮上写着两个粉笔字：天堂。门口下面也积有一些雪。小屋够冷的，跟冰窖差不多，尸体在这里放几天不成问题。

窑主让一个上岁数的人把死者的眼睛处理一下，帮死者把眼皮合上，那人把两只手掌合在一起快速地搓，手掌搓热后，分别焐在死者的两只眼睛上暖，估计暖得差不多了，就用手掌往下抿死者的眼皮。那人暖了两次，抿了两次，都没能把死者的两只眼皮合上。

唐朝阳借机又哭："我哥这是挂念家里的亲人，挂念俺爹俺娘，挂念俺嫂子，还有俺侄子侄女儿。我哥他死得太惨了，他这是死不瞑目哇！"他对宋金明说："你快去找地方打个电报，叫俺爹来，俺嫂子来，俺侄子也来。天哪，我怎么跟家里人交代，我真该死呀！"

宋金明答应找地方去打电报，低着头出去了。他没看窑主，他知道窑主会跟在他后面出来的。果然他刚转过小屋的屋角，窑主就跟出来了，窑主问他准备去哪里打电报，宋金明说他也不知道。窑主说只有县城才能打电报，县城离这里四十多里呢！宋金明向窑主提了一个要求，矿上能不能派人骑摩托把他送到县城去。他看见一辆大型的红摩托车天天停在窑主的办公室门口，窑主没有明确拒绝他的要求，只是说："哎，咱们能不能商量一下。你看有必要让他们家来那么多的人吗？"窑主让宋金明到他的办公室里去了。

宋金明心里很明白，他们和窑主关于赔偿金的谈判已正式拉开了序幕。谈判的每一个环节都关系到所得赔偿金的多寡，所以每一句话都要斟酌。他把注意力重新集中了一下，说："我理解唐朝阳的心情，他主要是想让家里亲人看他哥最后一眼。"

窑主还没记清死者的名字叫什么，问："唐朝阳的哥哥叫什么来着？"

"唐朝霞。"

"唐朝阳作为唐朝霞的亲弟弟，完全可以代表唐朝霞的亲属处理后事，你说呢？"

"这个事情你别问我，人命关天的事，我说什么都不算，你只能去问唐朝阳。"

说话间唐朝阳满脸怒气地进来了，指责宋金明为什么还不快去打电报。

宋金明说："我现在就去。路太远，我想让矿长派摩托车送送我。"

"坐什么摩托车，矿长的摩托车能是你随便坐的吗？你走着去，我看也走不大你的脚。你还讲不讲老乡的关系，死的不是你亲哥，是不是？"

窑主两手扶了扶唐朝阳的膀子，让唐朝阳坐。唐朝阳不坐。窑主说:"小唐,你不要太激动,听我说几句好不好,你的痛苦心情我能理解,这事搁在谁头上都是一样。事故出在本矿,我也感到很痛心。可是,事情已经出了,咱们光悲痛也不是办法,总得想办法尽快处理一下才是。我想,你既然是唐朝霞的亲弟弟,完全可以代表你们家来处理这件事情。我不是反对派你们家其他成员来,你想想这大冷的天,这么远的路,又快该过年了,让你父亲、嫂子来合适吗?再累着冻着他们就不好了。"

唐朝阳当然不会让唐朝霞家里的人来,他连唐朝霞的家具体在哪乡哪村还说不清呢。但这个姿态要做足,在程序上不能违背人之常情。同时,他要拿召集家属前来的事吓唬窑主,给窑主施加压力。他早就把窑主的一些心思吃透了,窑上死了人,他们最怕张扬,最怕把事情闹大。你越是张扬,他们越是捂着盖着。你越是要把事情闹大,他越是害怕,急于把大事化小,小事化了。别看窑主一个两个牛气烘烘的,你牵准他的牛鼻子,他就牛气不起来了,就得老老实实跟你走。更重要的是,他们这一闹腾,窑主一跟着他们的思路走,就顾不上深究事故本身的细节了。唐朝阳说:"我又没经过这么大的事,不让俺爹俺嫂子来怎么办呢!还有我侄子,他要是跟我要他爹,我这个当叔的怎么说!"唐朝阳又提出一个更厉害的方案,说,"不然的话,让我们村的支书来也行。"

窑主当即拒绝:"支书跟这事没关系,他来算怎么回事,我从来不认识什么支书不支书!"窑主懂,只要支书一来,就会带一帮子人来,就会说代表一级组织如何如何。不管组织大小,凡事一沾组织,事情就麻烦了。窑主对唐朝阳说:"这事你想过没有，你们那里来的人越多，花的路费越多，住宿费、招待费开销越大，这些费用最后都要从抚恤金里面扣除，这样七扣八扣，你们家得的抚恤金就少了。"

唐朝阳说："我不管这费那费，我只管我哥的命。我哥的命一百万也买不来。我得对得起我哥！"

"你这么说，咱们不好谈了！"窑主把吸了一半的烟从嘴上揪下来，扔在地上，踏上一只脚碾碎，自己到门外站着去了。

唐朝阳没再坚持让宋金明去打电报，他又到停尸的小屋哭去了，他哭得声音很大，还把木门拍得山响，"哥，哥呀，我也不活了，我跟你走。下一辈子，咱俩还做弟兄……"

窑主又回到屋里去了，让宋金明去征求一下唐朝阳的意思，看唐朝阳希望得到多少抚恤金。宋金明去了一会儿，回来对窑主说，唐朝阳希望得到六万。窑主一听就皱起了眉头，说："不可能，根本不可能，简直是开玩笑，干脆把我的矿全端给他算了。哎，你跟唐朝阳关系怎样？"

"我们是老乡，离得不太远，我们是一块儿出来的。唐朝阳这人挺老实的，说话办事直来直去。他哥更老实。他爹怕他哥在外边受人欺负，就让他哥俩一块儿出来，好互相有个照应。"

"我跟唐朝阳说一下，我可以给他出到两万，希望他能接受。我矿不大效益也不好，出两万已经尽到最大能力了。"

宋金明心里骂道："去你妈的，两万块就想打发我们，没那么便宜！四万块差不多。"他答应跟唐朝阳说一下试试。宋金明到停尸屋去了一会儿，回来跟窑主说，唐朝阳退了一步，不要六万了，只要五万块，五万块一分也不能少了。窑主还是咬住两万块不涨价，说多一分也没有。事情谈不下去了，宋金明装作站在窑主的立场上，给窑主出了个主意，他说："我看这事干脆让县上煤炭局和劳动局的人来处理算了，有上面来的人压着头，唐朝阳就不会多要了，人家说给多少就是多少。"

窑主把宋金明打量了一下说："要是通过官方处理，唐朝阳连两万也要不到。"

宋金明说："这话不该我说，让上面的人来处理，给唐朝阳多少，他都没脾气。这样你也省心不用跟他费口舌了。"

宋金明拿出了谈判的经验，轻轻几句话就打中了窑主的痛处，窑主点点头，没说什么。窑主万万不敢让上面的人知道这里死人了，上面的人要是一来，他就惨了，九月里，他矿上砸死了一个人，不知怎么走漏了消息，让上面的人知道了，小车来了一辆又一辆，人来了一拨又一拨，又是调查，又是开会，又是罚款，又是发通报，可把他吓坏了。电视台的记者也来了，扛着"大口径冲锋枪"乱扫一气，还把"手榴弹"捣在他嘴前，非要让他开口。在哪位来人面前，他都得装孙子。对哪一路神，他都是打点。那次事故处理下来，光现金就花了二十万，还不包括停产造成的损失，临了，县小煤窑整顿办公室的人留下警告性的话，他的矿安全方面如果再出现重大事故，就封他的窑，炸他的井。警告犹在耳边，这次死人的事若再让上面的人知道，花钱更多不说，恐怕他的矿真得关张了，所以窑主做的第一件事就是封锁消息，他给矿上的亲信开了紧急会议，让他们分头把关，在死人的事做出处理之前，任何人不许出这个矿，任何人不得与外界的人发生联系。矿上的煤暂不销售，以免外面来拉煤的司机把死人的消息带出去，特别是对唐朝阳和宋金明，要好好"照顾"他们，让他们吃好喝好，一切免费供应。目的是争取尽快和唐朝阳达成协议，让唐朝阳早一天签字，把唐朝阳哥哥的尸体早一天火化。

六

当晚，唐朝阳和宋金明不断看见有人影在窑洞外面游动，心里十分紧张，大睁着眼，不敢入睡。唐朝阳小声问宋金明："他们不会对咱俩下毒手吧？"宋金明说："敢，无法无天了！"宋金明这样说，是给唐朝阳壮胆，其实他自己也很恐惧。他们可以把别人当点子，一无仇二无冤地把无辜的人打死，窑主干吗不可以一不做二不休地把他们灭掉呢！他们打死点子是为了赚钱，窑主灭掉他们是为了保钱，都是为了钱，他们打死点子，说成是冒顶砸死的，窑主灭掉他们，也可以把他们送到窑底过一趟，也说成是冒顶砸死的。要是那样的话，他们可算是遭到报应了。宋金明起来重新检查了一下门，把门从里面插死，窑洞的门也是用板皮钉成的，中间裂着缝子。门脚下面的空子也很大，兔子样的老鼠可以随便钻来钻去。宋金明想找一件顺手的家伙，作为防身武器，瞅来瞅去，窑洞里只有一些垒地铺用的砖头。他抓起一块整砖放在手边，示意唐朝阳也拿了一块，他们把窑洞里的灯拉灭了，这样等于把他们置于暗处，外面倘有人向窑洞接近，他们透过门缝就可以发现。

果然有人来了，勾起指头敲门。唐朝阳和宋金明顿时警觉起来，宋金明问："谁？"

外面的人说："姚矿长让我给你们送两条烟，请开门。"

他们没有开门，担心这个人是前哨，等这个人把门骗开，埋伏在门两边的人会一拥而进，把他们灭在黑暗里。宋金明答道：

"我们已经睡下了，我们晚上不吸烟。"

送烟的人摸索着从门脚下面的空子里把烟塞进窑洞里去了。

宋金明爬过去把塞进来的东西摸了摸，的确是两条烟，不是炸药什么的。

停了一会儿，又过来两个黑影敲门。唐朝阳和宋金明同时抄起了砖头。

敲门的其中一人说话了，竟是女声，说："两位大哥，姚矿长怕你们冷，让我俩给两位大哥送两床褥子来，褥子都是新的，两位大哥铺在身子底下保证软和。"

宋金明不知窑主搞的又是什么名堂，拒绝说："替我们谢谢姚矿长的关心，我们不冷，不要褥子。"二人悄悄起来蹑足走到门后，透过门缝往外瞅，见门外抱褥子站着的果真是两个女人，两个女人都是肥脸，在夜里仍可以看见她们的脸上的一层白。

另一个女人说话了，声音更温柔悦耳："两位大哥，我们姐妹知道你们很苦闷，我们来陪你们说说话，给你们散散心，你们想做别的也可以。"

二人明白了，这是窑主对他们搞美人计来了，单从门缝里扑进来的阵阵香气，他们就知道了这两个女人是专门吃男人饭的。要是放她们进来，铺不铺褥子就不由得他们了，宋金明拉了唐朝阳一下，把唐朝阳拉得退回到地铺上，说："你们少来这一套，我们什么都不需要！"

那个说话的温柔的女人开始发嗲，一再要求两位大哥开门，说："外面好冷哟，两位大哥怎忍心让我们在外面挨冻呢！"

宋金明扯过唐朝阳的耳朵，对他耳语了几句。唐朝阳突然哭道："哥，你死得好惨哪！哥，你想进来就从门缝里进来吧，咱哥俩还睡一个屋……"

这一招生效，那两个女人逃跑似的离开了窑洞门口。

夜长梦多，看来这个事情得赶快了结。宋金明和唐朝阳商定，明天把要求赔偿抚恤金的数目退到四万，这个数不能再退了。

第二天双方关于抚恤金的谈判有进展，唐朝阳忍痛退到了四万，窑主忍痛涨到了两万五。别看从数目上他们是一个进一个退，实际上他们是逐步接近。好比两个人谈恋爱，接近到一定程度，两个人就可以拥抱了。可他们接近一步难得很，这也正如谈恋爱一样，每接近一步都充满试探和较量。到了四万和两万五的时候，唐朝阳和窑主都坚守自己的阵地，再次形成对峙局面。谈判进展不下去，唐朝阳就求救似的到停尸间去哭诉，历数哥死之后，爹娘谁来养老送终，侄子侄女谁来抚养，等等。功夫下在谈判外，不是谈判，这是唐朝阳的一贯策略。

第三天，窑主一上来就单独做宋金明的工作，对他俩进行分化瓦解，窑主把宋金明收成老弟，让"老弟"帮他做做唐朝阳的工作，今后他和宋金明就是朋友了。宋金明问他怎么做。窑主没有回答，却从口袋里掏出一沓钱来，说："这是一千，老弟拿着买烟抽。"

宋金明本来坐着，一看窑主给他钱，他害怕似的站起来了，说："姚矿长，这可不行，这钱我万万不敢收，要是唐朝阳知道了，他会骂死我的。不是我替唐朝阳说话，你给他两万五抚恤金是少点。你多少再加点，我倒可以跟他说说。"

窑主把钱扔在桌子上说："我给他加点是可以，不过加多少跟你也没关系，他不会分给你的，是不是？"

窑主伸出三个手指头，说："这可是天价了。"

宋金明的样子很为难，说："这个数离唐朝阳要求的还差一万，我估计唐朝阳不会同意。"窑主笑了笑，说："要不怎么老弟帮我说说话呢，我看老弟是个聪明人，唐朝阳也愿意听你的话。"

窑主这样说，让宋金明吃惊不小，窑主怎么看出他是聪明人呢？怎么看出唐朝阳愿意听他的话呢？难道窑主看出了什么破绽不成，他说："姚矿长的话我可不敢当，看来我应该离这个事远点。要不是唐朝阳非要拽着我等他两天，我前天就走了。"

窑主让宋金明坐下，窑主又从口袋里掏出一沓钱，把放在桌子上的钱拿起来合在一块儿，说："这是两千，算是我付给老弟的受惊费和辛苦费，行了吧，我当然不会让唐朝阳知道，也不会让任何人知道，你放心就是了。"说着，扯过宋金明的衣服口袋，把钱塞进宋金明口袋里去了。

这次宋金明没有拒绝。他在肚子里很快地算了一个账，三万加二千，实际上是三万二。三万他和唐朝阳平均分，每人可得一万五。他多得两千，等于一万七，这样离预定的两万的目标相差不太远了。让他感到格外欣喜的是，这两千块钱是他的意外收获，而唐朝阳连个屁都闻不见。上次他们办掉的一个点子，满打满算一共才得了两万三千块，平均每人才一万多一点。这次赚的钱比上次是大大超额了。宋金明已认同了这个数，但他不能说，勉强答应帮窑主到唐朝阳那里做做工作。宋金明把唐朝阳的工作做通了，唐朝阳只附加了一个要求，火化前给他哥换一身新衣服，穿西装，打领带。窑主答应得很爽快，说："这没问题。"窑主握了宋金明的手，握得很有力，仿佛他们两个结成了新的同盟，窑主说："谢谢你呀，宋老弟。"宋金明说："姚矿长，我们到这里没做出什么贡献，反而给矿上造成了损失，我们对不起你呀！"

窑主骑上他的大红摩托车到县里银行取现金，唐朝阳和宋金明在窑洞里如坐针毡，生怕再出什么变故。窑主是上午走的，直到下午太阳偏西时才回来。窑主像是喝了酒，脸上黑着，满身酒气。窑主对唐朝阳说："上面为防止年前突击发钱，银行不让取那么多现金。这些钱是我跑了好几个地方跟朋友借来的。"他拿出两捆钱拍在桌子上，说："这是两万。"又拿出一沓散开的钱，说："这是八千，请你当面点清。"

唐朝阳把钱摸住，问窑主："不是讲好的三万吗，怎么只给两万八？"

窑主顿时瞪了眼，说："你这个人讲不讲道理？考虑不考虑实际情况？就这些钱还是我借来的，不就是他妈的短两千块钱吗？怎么着，把我的两根手指头剁下来给你添上吧！"说着看了旁边的宋金明一眼。

宋金明一听就知道上了窑主的当了，窑主先拿两千块堵了他的嘴，然后又把两千块钱从总数里扣下来。这个狗日的窑主，真会算小账，宋金明没说话，他说不出什么。

唐朝阳从口袋里掏出一团脏污的手绢，展开，把钱包起来。火化唐朝霞的时候，唐朝阳和宋金明都跟着去了。他们就手把钱卷进被子里，把被子塞进蛇皮袋子里，带上自己的行李，打算从火葬场出来，带上唐朝霞的骨灰盒，就直接回老家去了。

唐朝霞的尸体火化之前，火葬场的工作人员从唐朝霞的口袋里掏出一个透明的塑料袋，里面放着一张照片。隔着塑料袋看，照片上是四个人，后面是唐朝霞两口子，前面是他们的两个孩子，一个男孩儿，一个女孩儿。唐朝阳把照片收起来了。唐朝霞的衣服被全部换下来了，在地上扔着。宋金明只把一双鞋捡起来了，说这双鞋他带走吧，做个留念。唐朝阳没有说什么。

唐朝阳把唐朝霞的骨灰盒放进提包里，他们二人在这个县城没有稍作停留，当即坐上长途汽车奔另一个县城去了，他们没有到县城下车，像是逃避人们的追捕一样，半路下车了。这里还是山区，他们背着行李向山里走去。在别人看来，他们跟一般打工者没什么两样，他们总是很辛苦，总是在奔波。走到一处报废的矿井旁边，他们看看前后无人，才在一个山洼子里停下了，他们各自坐在自己的行李卷儿上，唐朝阳对宋金明笑笑，宋金明对唐朝阳笑笑。他们笑得有些异样。唐朝阳说："我们又胜利了。"宋金明也承认又胜利了，但他的样子像是有些泄气，提不起精神。唐朝阳问他怎么了。他说："没怎么，这几天精神紧张得很，猛一放松下来觉得特别累。"唐朝阳说："这属于正常现象，等见了小姐，你的精神头马上就来了。"宋金明说："但愿吧。"

唐朝阳把唐朝霞的骨灰盒从提包里拿出来了，说："去你妈的，你的任务已经彻底完成了，不用再跟着我们了。"他一下子把骨灰盒扔进井口里去了。这个报废的矿井大概相当深，骨灰盒扔下去，半天才传上来一点落底的微响，这一下，这位真名叫元清平的人算是永远消失了，他的冤魂也许千年万年都无人知晓。唐朝阳把这张全家福的照片也掏出来了撕碎了。撕碎之前，宋金明接过去看了一眼，指着照片上的唐朝霞问："这个人姓什么来着？"唐朝阳说："管他呢！"唐朝阳夺过照片撕碎后，扬手往天上撒了一下。碎片飞得不高，很快就落地了，有两个碎片落在唐朝阳身上了，他有些犯忌似的赶紧把碎片择下来。

还有一样东西没处理。唐朝阳对宋金明说："拿出来吧。"

"什么？"

"你是真糊涂还是装糊涂？"

宋金明摇头。

"我看你小子是装糊涂。那双鞋呀！"

这狗娘养的，他一定也知道了唐朝霞的钱藏在鞋里。宋金明说："一双鞋有什么稀罕，你想要就给你，是你哥的遗物嘛。"宋金明从提包里把鞋掏出来扔在唐朝阳脚前的地上。

唐朝阳说："鞋本身是没什么稀罕，我主要想看看鞋里面有多少货。"他拿起一只鞋，伸手就把鞋舌头中间夹藏的一个小塑料袋抽出来了，对宋金明炫耀说："看见没有，银子在这里面呢！"

宋金明嗤了一下鼻子。

唐朝阳把钱掏出来了，数了数，才二百八十块钱，说："他奶奶的，才这么一点钱，连搞一次破鞋都不够。"他问宋金明："你说，这小子怎么就这么一点钱。"

宋金明说："我哪儿知道！"

唐朝阳把钱平均分开，其中一半递给宋金明。宋金明不要，说："这是你哥的钱，你留着自己花吧。"

唐朝阳勃然变色道："你他妈的少来这一套，我不会坏了规矩。"他把一百四十块钱扔进宋金明开着口子的提包里了。他又问："我还纳闷呢，窑主讲好的给咱们三万块，数钱的时候少给两千，这是怎么回事？"

这次轮到宋金明恼了，他盯着唐朝阳骂道："你这是什么意思？你说，你是什么意思？你不说清什么意思，老子跟你没完！"

唐朝阳赖着脸笑了，说："你恼什么，我又没说你什么。我是骂窑主说话不算话，拉个屎橛子又坐回去半截儿。"

"你还以为窑主是好东西呢，哪个窑主的心肠不是跟煤窑一样，一黑到底！"

分头回家时，他俩约定，来年正月二十那天在某个小型火车站见面，到时再一块儿合作做生意。他们握了手，还按照流行的说法，互相道了"好人一生平安"。

七

宋金明又坐了一天多的长途汽车，七拐八拐才回到自己的家。他没告诉过唐朝阳自己家里的详细地址，也没有打听过唐朝阳家的具体地址，干他们这一行的，互相都存有戒心，干什么都不可全交底。其实，连宋金明的名字也是假的。回到村里，他才恢复使用了真名。他姓赵，真名叫赵上河。在村头，有人跟他打招呼："上河回来啦？"他答着"回来了，回来过年"，赶紧给人家掏烟。每碰见一位乡亲他都要给人家掏烟。不知为什么，他心情有些紧张，脸色发白，头上出了一层汗。有人吸着他给的烟，指出他脸色不太好，人也没吃胖。他说："是吗？"头上的汗又加一层。有一妇女在一旁替他解释说："那是的，上河在外面给人家挖煤，成天价不见太阳，捂也捂白了。"

赵上河心里抵触了一下，正要否认在外边给人家挖煤，女儿海燕跑着接他来了，海燕喊着"爹，爹"，把爹手里的提包接过去了。海燕刚上小学，个子还不高。提包提不起来，赵上河摸了摸女儿的头说："海燕又长高了。"海燕回头对爹笑笑。她的豁牙还没长齐，笑得有点害羞。赵上河的儿子海成也迎上去接爹。儿子读初中，比女儿力气大些，他接过爹手中的蛇皮袋子装着的铺盖卷儿，很轻松地就提起来了，赵上河说："海成，你小子还没喊我呢！"

儿子不好意思地笑了一下，才说："爹，你回来啦？"

赵上河像完成一种仪式似的答道："对，我回来了。有钱没钱，都要回家过年。你娘呢？"赵上河抬头一看，见妻子已站在院门口等他。妻子笑模笑样，两只眼睛放出光明来。妻子说："两个孩子这几天一直念叨你，问你怎么还不回来。这不是回来了吗！"

一家来到堂屋里，赵上河打开提包，拿出两个塑料袋，给儿子和女儿分发过年的礼物，他给儿子买了一件黑灰色西装上衣，给女儿买了一件红色的西装上衣。妻子对两个孩子说："快穿上让你爹看看！"儿子和女儿分别把西装穿上，在爹面前展示。赵上河不禁笑了，他把衣服买大了，儿子女儿穿上都有些晃里晃荡，像摇铃一样。特别是女儿的红西装，衣襟下摆长得几乎遮了膝盖，袖子也长得像戏装上的水袖一样。可赵上河的妻子说："我看不赖。你们还长呢，一长个儿穿着就合适了。"

赵上河对妻子说："我还给你买了个小礼物呢。"说着把手伸到提包底部，摸出一个心形的小红盒来，把盒打开，里面的一道红绒布缝里夹着一对小小的金耳环。女儿先看见了，惊喜地说："耳环，耳环！"妻子想把耳环取出一只看看，又不知如何下手，说："你买这么贵的东西干什么，我哪只耳朵趁戴这么好的东西?"女儿问:"耳环是金的吗?"赵上河说:"当然是金的,真不溜溜的真金,一点都不带假的。"他又对妻子说,"你在家里够辛苦了,家里活儿地里活儿都是你干,还要照顾两个孩子。我想你还从来没戴过金东西呢,就给你买了这对耳环。不算贵,才三百多块钱。"妻子说:"我怕戴不出去,我怕人家说我烧包。"赵上河说:"那怕什么,人家城里的女人金戒指一戴好几个,连脚脖子上都戴着金链子,咱戴对金耳环实在是小意思。"他把一只耳环取出来了,递给妻子,让妻子戴上试试。妻子侧过脸,摸过耳朵,耳环竟穿不进去。她说:"坏了,这还是我当闺女时打的耳朵眼,可能长住了。"他把耳环又放回盒子里去了,说:"耳环我放着,等我闺女长大出门子时,给我闺女做嫁妆。"

门外走进来一位面目黑瘦的中年妇女,按岁数儿,赵上河应该把中年妇女叫嫂子。嫂子跟赵上河说了几句话,就提到自己的丈夫赵铁军,问:"你在外边看见过铁军吗?"

赵上河摇头说没见过。

"收完麦他就出去了,眼看半年多了,不见人,不见信儿,也不往家里寄一分钱,不知道他死到哪儿去了。"

赵上河对死的说法是敏感的,遂把眉毛皱了一下,觉得嫂子这样说话很不吉利。但他没把不吉利指出来,只说:"可能过几天就回来了。"

"有人说他发了财,在外面养了小老婆,不要家了,也不要孩子了,准备和小老婆另过。"

"这是瞎说,养小老婆没那么容易。"

"我也不相信呢,就赵铁军那样的,三锥子扎不出一个屁来,哪有女人会看上他。你看你多好,多知道顾家,早早地就回来了，一家人团团圆圆的。你铁军哥就是窝囊，窝囊人走到哪儿都是窝囊。"

赵上河的妻子跟嫂子说笑话："铁军哥才不窝囊呢，你们家的大瓦房不是铁军哥挣钱盖的！铁军哥才几天没回来，看把你想得那样子。"

嫂子笑了，说："我才不想他呢。"

晚上，赵上河还没打开自己带回的脏污的行李卷儿，没急于把挣回的钱给妻子看，先跟妻子睡了一觉。他每次回家，妻子从来不问他挣多少钱。当他拿出成捆的钱时，妻子高兴之余，总是有些害怕。这次为了不影响妻子的情绪，他没提钱的事，就钻进了妻子为他张开的被窝。妻子的情绪很好，身子贴他贴得很热烈，问他："你在外面跟别的女人睡过吗？"

他说："睡过呀。"

"真的？"

"当然真的了，一天睡一个九九八十一天不重样。"

"我不信。"

完事后，赵上河长长地叹了一口气。妻子问他怎么了，他说："哪儿好也不如自己家好，谁好也比不上自己的老婆好，回到家往老婆身边一睡，心里才算踏实了。"

妻子说："那，这次回来，就别走了。"

"不走就不走，咱俩天天睡。"

"能得你不轻。"

"怎么，你不相信我的能力？"

"相信。行了吧？"

"哎，咱放的钱你看过没有？会不会进潮气？"

"不会吧，包着两层塑料袋呢。"

"还是应该看看。"

赵上河穿件棉袄，光着下身就下床了。他检查了一下屋门是否上死，就动手拉一个荆条编的粮囤，粮囤里还有半囤小麦，他拉了两下没拉动。妻子下来帮他拉。妻子也未及穿裤衩，只披了一件棉袄，粮食囤移开了，赵上河用铁铲子撬起两块整砖，抽出一块木板，把一个盛化肥用的黑塑料袋提溜出来，解开塑料袋口扎着的绳子，从里面拿出一个小瓦罐。小瓦罐里还有一个白色的塑料袋，这个袋子里放的才是钱。钱一共是两捆，一捆一万，赵上河把钱摸了摸，翻转着看看，还用大拇指把钱抿弯，让钱页子自动弹回，听了听钱页子快速叠加发出的声响，才放心了。赵上河说，他有一天做梦，梦见瓦罐里进了水，钱沤成了半罐子糨糊，再一看还生了蛆，把他气得不行。妻子说："你挂念你的钱，做梦就胡连八扯。"

赵上河说："这些钱都是我一个汗珠子掉在地上摔八瓣儿挣来的，我当然挂念。我敢说，我干活儿流下的汗一百罐子都装不完。"他这才把铺盖卷儿从蛇皮袋子里掏出来，一边在床上打开铺盖卷儿，一边说："我这次又带回一点钱，跟上两次带回来的差不多。"他把钱拿出来了，一捆子还零半捆子，都是大票子。

妻子一见"呀"了一下，问："怎么又挣这么多钱？"

赵上河早就准备好了一套话，说："我们这次干的是包工活儿，我一天上两个班，挣这点钱不算多。有人比我挣得还多呢。"他把新拿回的钱放进塑料袋，一切照原样放好，让妻子帮他把粮食囤拉回原位，才又上床睡了。不知为什么，他身上有些哆嗦，说："冷，冷……"妻子不哆嗦，妻子搂紧了他，说："快，我给你暖暖。"

暖了一会儿，妻子说："听人家说，现在出去打工挣点钱特别难，你怎么能挣这么多钱？"

赵上河推了妻子一下，把妻子推开了，说："你嫌我挣钱多啦？"

"不是嫌你挣钱多，我是怕……"

"怕什么，你怀疑我？"

"怀疑也说不上，我是说，不管钱多钱少，咱一定得走正道。"

"我怎么不走正道啦？我在外面辛辛苦苦干活儿，一不偷，二不抢，三不赌博，四不搞女人，一块钱都舍不得多花，我容易吗？！"

赵上河大概触到了心底深藏的恐惧和隐痛，竟哭了，说："我累死累活图的什么，还不是为了这个家。连老婆都不相信我，我活着还有啥意思！"

妻子见丈夫哭了，顿时慌了手脚，说："海成他爹，你怎么了！都怨我，我不会说话，惹你伤了心，你想打我就打我吧！"

"我打你干什么！我不是人，我是坏蛋，我不走正道，让雷劈我，龙抓我，行了吧！"他拒绝妻子搂他，拒绝妻子拉他的手，双手捂脸，只是哭。

妻子把半个身子从被窝里斜出来，用手掌给丈夫擦眼泪，说："海成他爹，别哭了好不好，别让孩子听见了吓着孩子。我相信你，相信你，你说啥就是啥，还不行吗？！一家子都指望你，你出门在外，我也是担惊受怕呀！"妻子也哭了。

两口子哭了一会儿，才又重新搂在一起。在黑暗里，他大睁着眼，突然产生了一个念头，做点子的生意到此为止，不能再干了。

　　第二天，赵上河备了一条烟两瓶酒，去看望村里的支书，支书没讲客气就把烟和酒收下了。支书是位岁数比较大的人，相信村里的人走再远也出不了他的手心，他问赵上河："这次出去还可以吧？"

　　赵上河说："马马虎虎，挣几个过年的小钱。"

　　"别人都没挣着什么钱，你还行，看来你的技术是高些。"

　　赵上河知道，支书所说的技术是指他的挖煤技术，他点头承认了。

　　支书问："现在外头形势怎么样？听说打闷棍的特别多。"

　　赵上河心头惊了一下，说："听说过，没碰见过。"

　　"那是的，要是让你碰上，你就完了。赵铁军，外出半年多了，连个信儿都没有，我估计够呛，说不定让人家打了闷棍了。"

　　"这个不好说。"

　　"出外三分险，害人之心不可有，防人之心不可无，以后你们都得小心点。"

　　赵上河表示记住了。

　　过大年，起五更，赵上河在给老天爷烧香烧纸时，在屋当间的硬地上跪得时间长些。他把头磕了又磕，嘴里嘟嘟囔囔，谁也听不清他祷告的是什么。在妻子的示意下，儿子上前去拉他，说："爹起来吧。"他的眼泪呼地就下来了，说："我请老天爷保佑咱们全家平安。"

　　年初二，那位嫂子又到赵上河家里来了，说："赵铁军还没回来，我看赵铁军这个人是不在了。"嫂子说了不到三句话，就哭起来了。

赵上河说："嫂子你不能说这样的话，不能光往坏处想，大过年的，说这样的话多不好，这样吧，我要是再出去的话，帮你打听打听。要是打听到了，让他马上回来。"赵上河断定，赵铁军十有八九被人当点子办了，永远回不来了。因为做这路生意的不光是他和唐朝阳两个人，肯定还有别的人靠做点子发财致富。他和唐朝阳在一处私家小煤窑干活儿。意外地碰上一位老乡和另外两个人到这家小煤窑找活儿干。他和老乡在小饭馆喝酒，劝老乡不要到这家小煤窑干，累死累活，还挣不到钱。他说窑主坏得很，老是拖着不给工人发工资，他在这里干了快三个月了，一次钱也没拿到，弄得进退两难。老乡大口喝酒，显得非常有把握。老乡说，一物降一物，他有办法把窑主的钱掏出来，窑主就是把钱穿在肋巴骨上，到时候也得乖乖地把钱取下来。他向老乡请教，问老乡有什么高招，连连向老乡敬酒，老乡要他不要问，只睁大两眼跟着看就行了，多一句嘴别怪老乡不客气。一天晚间在窑下干活儿时，老乡用镐头把跟他来的其中一个人打死了，还搬起石头把死者的头砸烂，然后哭着喊着，把打死的人叫成叔叔，说冒顶砸死了人，向窑主诈取抚恤金。跟老乡说的一样，窑主捂着盖着，悄悄地跟老乡进行私了，赔给老乡两万两千块钱。目睹这一特殊生产方式的赵上河和唐朝阳，什么力也没掏，老乡却给他们每人分了一千块钱，这件事对赵上河震动极大，可以说给他上了生动的一课。他懂得了为什么有的人穷，有的人富，原来富起来的人是这么干的。大鱼吃小鱼，小鱼吃虾米，虾米吃泥巴。这一套话他以前也听说过，只是理解得不太深。通过这件事，他才知道了，自己不过是一只虾米，只能吃一吃泥巴。如果说连泥巴也不吃，就只能自己变泥巴了。老乡问他怎么样，敢不敢跟老乡一块儿干，他的脸灰着，说不敢。他是怕老乡找个地方把他也干掉。后来他和唐朝阳形成一对组合，也学着打起了游击。唐朝阳使用的也是化名，他的真名叫李西民，他们把自己称为地下工作者，每干掉一个点子，每转移到一个新的地方，他们就换一个新的名字。赵上河手上已经有三条人命了。这一点他家埋在地下罐子里那些钱可以做证，那是用三颗破碎的人头换来的，但赵上河可以保证，他打死的没有一个老乡，没有一个熟人。像赵铁军那样的，就是碰在他眼下，他也不会做赵铁军的活儿，这叫兔子不吃窝边草。

嫂子临离开他家时，试着向赵上河提了一个要求："大兄弟，过罢十五，我想让金年跟你一块儿走，一边找点活儿干，一边打听他爹的下落。"

"你千万不要有这样的想法，金年不是正上学吗，一定让孩子好好上学，上学才是正路。金年上几年级啦？"

"高中一年级。"

"一定要支持孩子把学上下来，鼓励孩子考大学。"

"不是怕大兄弟笑话，行了，上不起了，这一开学又得三四百块，我上哪儿给他弄去。满心指望他爹挣点钱回来，钱没挣回来，人也不见影儿了。"

赵上河对妻子说："把咱家的钱先借给嫂子四百块，孩子上学要紧。"

嫂子说："不不不，我不是来向你们借钱的。"

赵上河面带不悦，说："嫂子，这你就太外气了。谁家还不遇上一点难事，我们总不能眼看着孩子上不起学不管吧。再说钱是借给你们的，等铁军哥拿回钱来，再还给我们不就结了。"

嫂子说："你们两口子都是好人哪，我让金年过来给你们磕头。"这才把钱接下了。

八

正月十五一过，村上外出打工的人又纷纷背起行囊，潮流一样向汽车站，火车站涌去，赵上河原想着不外出了，但他的魂儿像被人勾去了一样，在家里坐卧不安，妻子百般安慰他，他反而对妻子发脾气，说家里就那么一点地，还不够老婆自己种的，把他拴在家里干什么！最终，赵上河还是随着潮流走了。他拒绝和任何人一路同行，仍是一个人独往独来，有不少人找过他，还有人给他送了礼品，希望能跟他搭伴外出，他都想办法拒绝了。实在拒绝不掉的，他就说今年出去不出去还不一定呢，到时候再说吧。他是半夜里摸黑走的，土路两边庄稼地里的残雪还没化完，北风冷飕飕的。他就那么顶着风，把行李卷儿和提包用毛巾系起来搭在背上，大步向镇上走去。到了镇上，他也不打算坐公共汽车，准备自己租一个机动三轮车到县城去。正走着，他转过身来，向他的村庄看了一下，村庄黑沉沉的，看不见一点灯光，也听不见点声息。又往前走时，他问了自己一句："你这是干吗呢？偷偷摸摸的，跟做贼一样。"他自己的回答是："没什么，不是做贼，这样走着清静。"他担心有人听见他的自言自语，就左右乱看，还蹲下身子往路边的一片坟地里观察了一下。他想好了，这次出来不一定再做点子了，做点子挣钱是比挖煤挣钱容易，可万一有个闪失，自己的命就得搭进去。要是唐朝阳实在想做的话，他们顶多再做一个就算了。现在他罐子里存的钱是三万五，等存够五万，就不用存了。有五万块钱保着底子，他就不会像过去一样，上面派下来这钱那钱他都得卖粮食，不至于为孩子的学费求爷爷告奶奶地到处借。到那时候，他哪儿都不去了，就在家里守着老婆孩子踏踏实实过日子。

赵上河如约来到那个小型火车站，见唐朝阳已在那里等他，唐朝阳等他的地方还是车站广场一侧那家卖保健羊肉汤的敞棚小饭店，年前，他们就是从这里把一个点子领走办掉的。车站客流很多，他们相信，小饭店的人不会记得他们两个。唐朝阳热情友好地骂了他的大爷，问他怎么才来，是不是又到哪个卫生间玩小姐去了。一个多月不见面，他看见唐朝阳也觉得有些亲切。他骂的唐朝阳的妹子。互相表示亲热完毕，他们开始说正经事。唐朝阳说，他花了十块钱，请一个算卦的先生给他起了一个新名字，叫张敦厚。赵上河说，这名字不错。他念了两遍张敦厚，说"越敦越厚"把张敦厚记住了。他告诉张敦厚，他也新得了一个名字，叫王明君。他问："你知道君什么意思吗？"张敦厚说："谁知道你又有什么讲究。"

王明君说："跟你说吧，君就是皇帝，明君就是开明的皇帝，懂了吧？"

"你小子是想当皇帝呀！"

"想当皇帝怎么着，江山轮流坐，哪个皇帝的江山不是打出来的。"

"我看你当个黑帝还差不多。"

"这个皇不是那个黄，水平太差，朕只能让你当个下臣。张敦厚！"

"臣在!"张敦厚垂首打了个拱。

"行,像那么回事。"王明君遂又端起皇帝架子,命张敦厚,"拿酒来!"

"臣,领旨。"

张敦厚一回头,见一位涂着紫红唇膏的小姐正在一旁站着。小姐微微笑着,及时走上前来,称他们"两位先生",问他们"用点什么"。张敦厚记得,原来在这儿端盘子服务的是一个黄毛小姑娘,说换就换,小姑娘不知到哪儿高就去了,而眼前这位会利用嘴唇做招徕的小姐,显见得是个见过世面的多面手。张敦厚要了两个小菜和四两酒,二人慢慢地喝。其间老板娘出来了一下,目光空空地看了他们一眼,就干别的事情去了。老板娘大概真的把他们忘记了。在车站广场走动的人多是提着和背着铺盖卷儿的打工者,他们像是昆虫界一些急于寻找食物的蚂蚁,东一头西一头乱爬乱碰。这些打工者都是可被利用的点子资源,就算他们每天办掉一个点子,也不会使打工者减少多少。因为这种资源再生性很强,正所谓取之不尽,用之不竭。

有一个单独行走的打工者很快进入他们的视线,他俩交换了一下眼色,张敦厚说:"我去看看。"这次轮到张敦厚去钓点子,王明君坐镇守候。

王明君说:"你别拉一个女的回来呀!"

张敦厚斜着眼把那个打工者盯紧,小声对王明君说:"这次我专门钓一个女扮男装、花木兰那样的,咱们把她用了,再把她办掉,来个一举两得。"

"钓不到花木兰,你不要回来见我。"

张敦厚提上行李卷儿和提包,迂回着向那个打工者接近。春运高峰还没过去，车站客流量仍然很大。候车室里装不下候车的人，车站方面把一些车次的候车牌插到了车站广场，让人们在那里排队。那个打工者到一个候车牌前仰着脸看上面的字时，张敦厚也装着过去看车牌上的车次，就近把他将要猎取的对象瞥了一眼。张敦厚没有料到，在他瞥那个对象的同时，对象也在瞥他。他没看清对象的目光是怎样瞥出来的，仿佛对象眼睛后面还长着一只眼。他赶紧把目光收回来了。当他第二次拿眼角的余光瞥被他相中的对象时，真怪了，对象又在瞥他。张敦厚感觉出来了，这个对象的目光是很硬的，还有一些凛冽的成分。他心里不由得惊悸了一下，难道遇上对手了，这家伙也是来钓点子的？他退后几步站下，刚要想一想这是怎么回事，那个打工者凑过来了，问："老乡，你这是准备去哪儿？"

张敦厚说："去哪儿呢？我也不知道。"

"就你一个人吗？"

张敦厚点点头。他决定来个将计就计，判断一下这个家伙究竟是不是钓点子，看他钓点子有什么高明之处，不妨跟他比试比试。

"吸支烟吧。"对象摸出一盒尚未开封的烟，拆开，自己先叼一支，用打火机点燃。而后递给张敦厚一支，并给张敦厚把烟点上。他又说："现在外头比较乱，一个人出来不太好，最好还是有个伴儿。"

"我是约了一个老乡在这里碰面，说好的是前天到，我找了两天了，都没见他。"

"这事有点儿麻烦，说不定人家已经走了，你还在这儿瞎转悠呢。"

“你这是准备去哪儿？”

对象说了一个煤矿。

“那儿怎么样，能挣到钱吗？”

“挣不到钱谁去，不说多，每月至少挣千把块钱吧！”

“那我跟你一块儿去行吗？”

“对不起，我已经有伴儿了。”

这家伙大概在吊他的胃口，张敦厚反吊似的说：“那就算了。”

“我们也遇到了一点儿麻烦，人家说好的要四个人，我们也来了四个人，谁知道呢，一个哥们儿半路生病了，回去了，我们只要再找一个人补上。不过我们得找认识的老乡，生人我们不要。”

“什么生人熟人，一回生，两回熟，咱们到一块儿不就熟了。”

对象作了一会儿难，才说：“这事我一个人说了不算，我带你去见我那两个哥们儿，看他们同意不同意要你。要是愿意要你呢，算你走运；要是不同意，你也别生气。”

张敦厚试出来了，这个家伙果然是他的同行，也是到这里钓点子的。这个家伙年龄不大，看上去不过二十五六岁，生着一张娃娃似的脸，五官也很端正。正是这样面貌并不凶恶的家伙，往往是杀人不眨眼的好手。张敦厚心里跳得腾腾的，竟然有些害怕。他想到了，要是跟这个家伙走，出不了几天，他就变成人家手里的票子。不行，他要揭露这个家伙，不能让这个家伙跟他们争生意。于是他走了几步站下了，说：“我不能跟你走！”

“为什么？”

"我又不认识你们，你们把我弄到煤窑底下，打我的闷棍怎么办？"

那个家伙果然有些惊慌，说："不去拉倒，你胡说八道什么，我还看不上你呢！"

张敦厚笑得冷冷的，说："你们把我打死，然后说你们是我的亲属，好向窑主要钱，对不对？"

"你是个疯子，越说越没边了。"那家伙撇下张敦厚，快步走了。

那家伙转眼就钻进人堆里不见了。

九

张敦厚领回一个中学生模样的小伙子，令王明君大为不悦，王明君一见就说："不行不行！"鱼鹰捉鱼不捉鱼秧子，弄回一个孩子算怎么回事。他觉得张敦厚这件事办得不够漂亮，或者说有点丢手段。

张敦厚以为王明君的做法跟过去一样，故意拿点子一把，把点子拿牢，就让小伙子快把王明君喊叔，跟叔说点好话。

小伙子怯生生地看了王明君一眼，喊了一声"叔叔"。

王明君没有答应。

张敦厚对小伙子指出："你不能喊叔叔，叔叔是普遍性的叫法，得喊叔，把王叔叔当成你亲叔一样。"

小伙子按照张敦厚的指点，把王明君喊了一声叔。

王明君还是没答应。他这次不是配合张敦厚演戏，是真的觉得这未长成的小伙子不行，一点也不像个点子的样子。小伙子个子虽长得不算矮，但他脸上的孩子气还未脱掉。他唇上虽然开始长胡子了，但胡子刚长出一层黑黑的茸毛，显然是男孩子的第一茬胡子，还从来没刮过一刀。小伙子的目光固定地瞅着一处，不敢看人，也不敢多说话。这么大的男孩子，在老师面前都是这样的表情。他大概把他们两个当成他的老师了。小伙子的行李也带着中学生的特点。他的铺盖卷儿模仿了外出打工者的做法是不假，也塞进了一个盛粮食用的蛇皮袋子里，可他手上没有提提包，肩上却背了一个黄帆布的书包。看他书包里填得方方块块的，往下坠着，说不定里面装的还有课本呢！这小伙子和年龄差不多的男孩子相比，也有不同的地方，就是他的神情很忧郁，眼里老是泪汪汪的。说得不好听一点，好像他刚死了亲爹一样。王明君说小伙子"一看就不像个干活儿的人"，问："你不是逃学出来的吧?"

小伙子摇摇头。

"你摇头是什么意思，是就说是，不是就说不是。"

小伙子说："不是。"

"那，我再问你，你出来找活儿干，你家里人知道吗?"

"我娘知道。"

"你爹呢?"

"我爹……"小伙子没说出他爹怎样，眼泪却慢慢滚下来了。

"怎么回事?"

"我爹出来八个多月了，过年也没回家，一点音信都没有。"

"噢，原来是这样。"王明君与张敦厚对视了一下，眼角露出一丝笑意，问，"你爹是不是发了财，在外面娶了小老婆，不要你们啦?"

"不知道。"

张敦厚碰了王明君一下，意思让他少说废话，他说："我看这个小伙子挺可怜的，咱们带上他吧，权当是你的亲侄子。"

王明君明白张敦厚的意思，不把张敦厚找来的点子带走，张敦厚不会答应。他对小伙子说："带上你也不是不可以，只是挖煤那活儿有一定的危险，你怕不怕？"

"不怕，我什么活儿都能干。"

"你今年多大啦？"

"虚岁十七。"

"你说虚岁十七可不行，得说周岁十八，不然的话，人家煤矿不让你干。另外，你一会儿去买一只刮胡子刀，到矿上开始刮胡子。胡子越刮越旺，等你的胡子长旺了，就像一个大人了。你以后就喊我二叔。记住了，不论什么人问你，你都说我是你的亲二叔，这样我就可以保护你，别人就不敢欺负你了。你叫一句我听听。"

"二叔。"

"对，就这么叫，你爹是老大，我是老二。哎，你叫什么名字来着？"

"元凤鸣。"

王明君眼珠转了一下说："你以后别叫这个名字了，我给你改个名字，叫王风吧。风是刮风的风，记住啦？"

小伙子说："记住了，我叫王风。"

就这样，这个点子找定了。他们一块儿喝了保健羊肉汤，二人就带着叫王风的小点子上路了。上次他们是往北走，这次他们坐上火车再转火车，一直向西北走去，比上次走得更远。王风哪里知道，带他远行的两个人是两个催命的魔鬼，两个魔鬼正带他走向世界的末日。他一路往车窗外面看着，对外面的世界他还觉得很新奇呢。在火车上，王风还对二叔说了他家的情况。他正上高中一年级，妹妹上初中一年级。过了年，他带上被子和够一星期吃的馒头去上学，因带的书本费和学杂费不够，老师不让他上课，让他回家借钱。各种费用加起来需要四百多块钱，而他带去的只有二百多块钱。就这二百多块钱，还是娘到处借来的。老师让他回家借钱，他跟娘一说，娘无论如何也借不到钱了。娘只是流泪。他妹妹也没钱交学费，因为他妹妹学习特别好，是班长，班主任老师就动员全班同学为他妹妹捐学费。他背着馒头，再次到学校，问欠的钱可以不可以缓一缓再交。班主任老师让他去问校长。校长的答复是，不可以，交不齐钱就不要再上学了。于是，他就背着被子和馒头回家了，再也不能去学校读书。一回到家，他就痛哭一场。说到这些情况，王风的眼泪又涌满了眼眶。

王明君说："其实你不应该出来，还是应该想办法借钱上学。你这一出来，学业就中断了。"他亲切地拉了拉王风的肩膀，"我看你这孩子挺聪明的，学习成绩肯定也不错，不上学真是可惜了。"

"没办法，我得出来挣钱供我妹妹上学，不能让我妹妹再失学。我已经大了，应该分担我娘的负担。我还想一边干活儿，一边打听我爹的下落。"

"你爹的下落恐怕不好打听，中国这么大，你到哪儿打听去！"

"村里人让我娘找乡上的派出所，派出所让我娘印寻人启事。我娘一听印寻人启事又要花不少钱，就没印。"

"不印是对的，印了也没用，净白花钱。印寻人启事花一百块，人家让你们家出三百，人家得二百。印了寻人启事，也没地方贴。你贴得不是地方，人家罚款，你们家又得花钱。这叫花了钱又找不到人，两头不得一头。你说二叔说的是不是实话?"

"是实话。二叔，我娘叫我出来一定要小心。你说，社会是好人多还是坏人多?"

"你说呢?"

"让我看还是好人多，二叔和张叔叔都是好人。"

"我们当然是好人。"

张敦厚插了一句："我们两个要不是好人，现在社会就没有好人了。"

十

来到山区深处的一座小煤窑，由王明君出面和窑主接洽，窑主把他们留下来了。窑主是个岁数比较大的人，自称对安全生产特别重视。窑主把王风上下打量了一下，说："我看这小伙子不到十八周岁，你不是虚报年龄吧?"王风的脸一下白了，望着王明君。

王明君说："我侄子老实，说的绝对是实话。"

下窑之前，窑主说是对他们进行一次安全教育，把他们领到灯房后面的一间小屋里去了。小屋后墙的高台上供奉着一尊窑神，窑神白须红脸，身上绘着彩衣。窑神前面摆放着一口大型的香炉，里面满是香灰纸灰。还有成把子的残香没有燃尽，缕缕地冒着余烟。门里一侧的小凳子上坐着一位中年妇女，专卖敬神用的纸和香。她的纸和香都比较贵，但窑主只让买她的。张敦厚和王明君一看就明白了，这位妇女肯定是窑主的人，他们在借神的名义挤窑工的钱。这是没有办法，到哪儿都得敬哪儿的神。神敬不到，人家就有可能不给你活儿干，使你想受剥削都受不到。张敦厚买了一份香和纸，王明君也买了一份。该王风买了，他却拿不出钱来，他的钱已经花完了。王明君只得替他买了一份。三人烧香点纸，一齐跪在神像前磕头。窑主要求他们祷告两项内容："一、你们要向窑神保证，处处注意安全生产，不给矿上添麻烦；二、你们请窑神保佑你们的平安。"王明君心里打了几下鼓，难道有人在这个窑上办过点子啦？窑上已经出过血啦？不然的话，老窑主为什么老把安全挂在嘴上，看来办点子的事要谨慎从事。

王风一边磕头，一边看着王明君。王明君磕几个，他也磕几个。见王明君站起来，他才敢站起来。

窑主说："不管上白班夜班，你们每天下井前都要先拜神，一次都不能落。这事要跟过去的'天天读'一样。你们知道'天天读'吗？"

三个人互相看看，都说不知道。

"连'天天读'都不知道，看来你们是太年轻了。"

窑上给每人发了一顶破旧的胶壳安全帽，也要交钱。这一次王风不好意思让二叔替他交钱了，问不戴安全帽行不行。发安全帽的人说："你找死呀！"

王明君立即发挥了保护侄子的作用，说："我侄子不懂这个，你好好跟他说不行吗？！"他又对王风说："下井不戴安全帽绝对不行，没钱就跟二叔说，别不好意思，只要有二叔戴的，就有你戴的。"他把自己头上戴的安全帽摘下来，先戴在侄子头上了。

王风看看二叔，感动得泪花花的。

这个窑的井架不是木头的，是用黑铁焊成的。井架也不是三角形，是方塔形。井架上方还绑着一杆红旗。不过红旗早就被风刮雨淋得变色了，差不多变成了白旗。其中一根铁井架的根部，拴着一条黑脊背的狼狗。他们三个走近窑口时，狼狗呼地站起来了，目光恶毒地盯着他们，喉咙里发出呜呜的声音。狼狗又肥又高，两边的肋帮子鼓着，头大得跟狮子一样。张敦厚、王明君有些却步，不敢往前走了。王风吓得躲在王明君身后。张王二人走过许多私家办的煤窑子，还从没见过在井架子上拴大狼狗的，不知这个窑主的用意是什么。这时窑主过来了，把狼狗称为"老希"，把"老希"喝了一声，介绍说："我这个伙计名字叫希特勒，来这里干活儿的必须向它报到，不然的话，它就不让你下窑。"窑主抱住狗头，顺着毛捋了两把，说："你们过来，让希特勒闻闻你们的味，它一记住你们就不凶了。"张敦厚迟疑了一会儿，见王明君不肯第一个让希特勒闻，就豁出去似的走到希特勒跟前去了。希特勒伸着鼻子在他身上嗅了嗅，放他过去了。王明君听说狗的鼻子是很厉害的，有很多疑难案件都是狗的鼻子一嗅，案就破了。他担心这条叫希特勒的狼狗嗅出他心中的鬼来，一口把他咬住。他身子缩着，心也缩着，故作镇静地走到希特勒面前去了。还好，希特勒没有咬他。希特勒好像有些乏味，它嗅完了王明君，就塌下眼皮，双腿往前一伸，趴下了。当王风把两手藏在裤裆前，侧着身子，小心翼翼地走到希特勒跟前时，希特勒只例行公事似的嗅了一下他的裤腿就放行了。

他们三个乘坐同一个铁罐下窑。铁罐在黑乎乎的井筒里往下落，王风的心往上提。王风两眼瞪得大大的，蹲在铁罐里一动也不敢动，神情十分紧张。铁罐像是朝无底的噩梦里坠去，不知坠落了多长时间，当铁罐终于落底了，他的心也差不多提到了嗓子眼。大概因为太紧张了，他刚到窑底，就出了满头大汗。

王明君说："你小子穿得太厚了。"

王风注意到，二叔和张叔叔穿着单衣单裤，外加一件棉坎肩，就到窑下来了。而他穿着毛衣绒裤、秋衣秋裤，还有一身黑灰色的学生装，怪不得这么热呢。

窑底有两个人，在活动，在说话。他们黑头黑脸，一说话露出白厉厉的牙。王风一时有些发蒙，感觉像是掉进了另外一个世界。这个世界跟窑上的人世完全不同。仿佛是一个充满黑暗的鬼魅的世界。正蒙着，一只黑手在他脸上摸了一把，吓得他差点叫出声来。摸他的人嘻嘻笑着，说："脸这么白，怎么跟个娘儿们一样。"王风的两个耳膜使劲往脑袋里面挤，觉得耳膜似乎在变厚，听觉跟窑上也不一样。那个摸他的人在面前跟他说话，他听见声音却来自很远。

王明君对窑底的人说："这是我侄子，请师傅们多担待。"他命王风："快喊大爷。"

王风就喊了一声大爷。王风听见自己嘴里发出的声音也有些异样，好像不是他在说话，而是他的影子在说话。

在往巷道深处走时，从未下过窑的中学生王风不仅是紧张，简直有些恐惧了。巷道里没有任何照明设备，前后都漆黑一团。矿灯所照之处，巷道又低又窄，脚下也坑洼不平。巷道的支护异常简陋，两帮和头顶的岩石面目狰狞，如同戏台上的牛头马面。如果阎王有令，说不定这些"牛头马面"随时会猛攫下来，捉他们去见阎王。王风面部肌肉僵硬，瞪着恐惧的双眼，紧紧跟定二叔，一会儿低头，一会儿弯腰，一步都不敢落下。他很想拉住二叔的后衣襟，又怕二叔小瞧他，就没拉。二叔走得不慌不忙，好像一点也不怕。他不由得对二叔有些佩服。他开始在心里承认这个在路上遇到的二叔了，并对二叔产生了一些依赖的思想。二叔提醒他注意。他还不知道注意什么，咚的一声，他的脑袋就撞在一处压顶的石头上了，尽管他戴着安全帽，他的头还是闷疼了一下，眼里也直冒碎花。

二叔说："看看，让你注意，你不注意，撞脑袋了吧？"

王风把手伸进安全帽里搓了两下，眼里又含了泪。

二叔问："怎么样，这里没有你们学校的操场好玩吧！"

王风脑子里快速闪过操场，操场面积很大，四周栽着钻天的白杨。他不知道同学们这会儿在操场里干什么，而他，却钻进了一个黑暗和可怕的地方。

二叔见他不说话，口气变得有些严厉，说："我告诉你，窑底下可是要命的地方，死人不当回事。别看人的命在别的地方很皮实，一到窑下就成了薄皮子鸡蛋。鸡蛋在石头缝里滚不好了，就得淌稀，就得完蛋！"

王明君这样教训王风时，张敦厚正在王风身后站着。张敦厚把镐头平端起来，做出极恶的样子在王风头顶比画了一下，那意思是说，这一镐下去，这小子立马完蛋。王明君知道，张敦厚此刻是不会下手的，点子没喂熟不说，他们还没有赢得窑主的信任。再说了，按照"轮流执政"的原则，这个点子应该由他当二叔的来办，并由他当二叔的哭丧。张敦厚奸猾得很，你就是让他办，让他哭，他也不会干。

张敦厚和王明君要在挖煤方面露一手，以显示他们非同一般的技术。在他们的要求下，矿上的窑师分配给他们在一个独头的掌子面干活儿，所谓独头，就像城市中的小胡同一样，是一个此路不通的死胡同。独头掌子面跟死胡同又不同。死胡同上面是通天的，空气是流动的。独头掌子面上下左右和前面都堵得严严实实，它更像一只放倒的瓶子，只有瓶口那儿才能进去。瓶子里爬进了昆虫，若把瓶口一塞，昆虫就会被闷死。独头掌子面的问题是，尽管巷道的进口没被封死，掌子面的空气也出不来，外面的空气也进不去。掌子面的空气是腐朽的，也是死滞的，它是真正的一潭死水。人进去也许会把"死水"搅和得流动一下，但空气会变得更加混浊，更加黏稠，更加难以呼吸。这种没有任何通风设备的独头掌子面，最大的特点就是闷热。煤虽然还没有燃烧，但它本身固有的热量似乎已经开始散发。它散发出来的热量，带着亿万年煤炭生成时那种沼泽的气息、腐殖物的气息，和溽热的气息。一来到掌子面，王风就觉得胸口发沉，汗水流得更欢。

　　张敦厚说："上面还是天寒地冻，这里已经是夏天了。"

　　说着，张叔叔和二叔开始脱衣服。他们脱得光着膀子，只穿一件单裤。二叔对王风说："愣着干什么，还不把衣服脱掉！"

　　王风没有光膀子，上面还保留着一件高领的红秋衣。

　　二叔没有让王风马上投入干活儿，要他先看一看，学着点。

　　二叔和张叔叔用镐头刨了一会儿煤，热得把单裤也撕下来了，就那么光着身子干活儿。刚脱掉裤子时，他们的下身还是白的，又干了一会儿，煤粉沾满一身，他们就成黑的了，跟煤壁乌黑的背景几乎融为一体。王风不敢把矿灯直接照在他们身上，这种远古般的劳动场景让他震惊。他慢慢地转着脑袋，让头顶的矿灯小心地在煤壁上方移动。哪儿都是黑的，除了煤就是石头。这里的石头也是黑的。王风不知道这是在哪里，不知上面有多高，下面有多厚；也不知道前面有多远，后面有多深。他想，煤窑要是塌下来的话，他们跑不出去，上面的人也没救他们，他们只能被活埋，永远被活埋。有那么一刻，他产生了一点幻觉，把刨煤的二叔看成了他爹。爹赤身裸体地正在刨煤，煤窑突然塌了，爹就被埋进去了。这样的幻觉使他不寒而栗，几乎想逃离这里。这时二叔喊他，让他过去刨几下煤试试。他很不情愿，但还是战战兢兢地过去了。煤壁上的煤看上去不太硬，刨起来却感到很硬，镐尖刨在上面，跟刨在石头上一样，震得手腕发麻，也刨不下什么煤来。他刚刨了几下，头上和浑身的大汗就出来了。汗流进眼里，是辣的；汗流进嘴里，是咸的；汗流进脊梁沟里，把衣服溻湿了；汗流进裤裆里湿得跟和泥一样。他流的汗比刨下的煤还多。他落稿处刨不下煤来，上面没落镐的地方却掉下一些碎煤来，碎煤哗啦一响，打在他安全帽上。他以为煤窑要塌，惊呼一声，扔下镐头就跑。

二叔喝住了他，骂了他，问他跑什么，瞎叫什么。"你的胆还没老鼠的胆子大呢，像个男人吗？像个挖煤的人吗？要是怕死，你趁早滚蛋！"

王风惊魂未定，委屈也涌上来，他又哭了。

张敦厚打圆场说："算了算了，谁第一次下窑都害怕，下几次就不怕了。"他怕这个小点子真的走掉。

二叔命王风接着刨，并让他把衣服都扒掉。王风把湿透的秋衣脱下来了。二叔说："把秋裤也脱掉，小破孩儿，这儿没有女人！"

王风抓住裤腰犹豫了一下，才把秋裤脱下来了。但他还保留了一件裤衩，没有彻底脱光。裤衩像是他身体最后的防线，他露出愤怒和坚定的表情，说什么也不放弃这最后的防线了。

一个运煤的窑工到掌子面来了，二叔替下了王风，让王风帮人家装煤。二叔跟运煤工说："让我侄子帮你装煤吧。"

运煤工说："不用不用，我自己来。你侄子岁数不大呀。"

"我侄子是不大，还不到二十岁。"

王风看见，运煤工拉来一辆低架子带轱辘的拖车，车架子上放着一只长方形的大荆条筐。他们就是把煤装进荆条筐里。王风还看见，车架子一角挂着一个透明的大塑料瓶子，瓶子里装着大半瓶子水。一看见水，王风感到自己渴了，喉咙里像是在冒火。他很想跟运煤工商量一下，喝一口他的水。但他闭上嘴巴，往肚子里咽了两下口水。忍住了。

运煤工问他："小伙子，发过市吗？"

王风眨眨眼皮，不懂运煤工问的是什么意思。

张敦厚解释说："他是问跟女人搞过没有。"

王风赶紧摇摇头。

运煤工笑了，说："我看你该发市了，等挣下大钱，让你叔带你发发市去。"

王风把发市的意思听懂了，他像是受到了某种羞辱一样，对运煤工颇为不满。

荆条筐装满了，运煤工把拖车的绳襻斜套在肩膀上，拉起沉重的拖车走了。运煤工的腰变得很低，身子贴向地面，有时两只手还要在地上扒一下。从后面看去，拉拖车的不像是一个人，更像是一匹骡子，或是一头驴。

十一

他们上的是夜班。头天下窑时，太阳还没落山。第二天出窑时，太阳已经升起来了。

当王风从窑出来时，他的感觉像是做了一个长长的噩梦，终于醒过来了。为了证实确实醒过来了，他就四下里看。他看见天觉得亲切，看见地觉得亲切，连窑口拴着的那只狼狗，他看着也不似昨日那么可怕和讨厌了。也许是刚从黑暗里出来阳光刺目的缘故，也许他为窑上的一切所感动，他的两只眼睛都湿得厉害。

窑工从窑里出来，洗个热水澡是必须的。澡堂离窑口不远，只有一间屋子。迎门口支着一口特大号的铁锅。锅台后面，连着锅台的后壁砌着一个长方形的水泥池子。水烧热后，起进水泥池子里，窑工就在里面洗澡。这样的大锅王风见过，他们老家过年时杀猪，就是把吹饱气的猪放进这样的大锅里燀毛。锅底的煤火红通通的，烧得正旺。大铁锅敞着口子，水面上冒着缕缕热气，刚到澡堂门口时，由于高高的锅台挡着，王风没看见里面的水泥池子，还以为人直接跳进大锅里洗澡呢！这可不行，人要跳进锅里，不把人煮熟才怪。等他走进澡堂，看见水泥池子，并看见有人正在水泥池子里洗澡，才放心了。

洗澡不脱裤衩是不行了。王风趁别人不注意，很快脱掉裤衩，迈进水泥池子里去了。池子里的水已稠稠的，也不够深，王风赶紧蹲下身子，才勉强把下身淹住。他腿裆里刚生出一层细毛，细毛不能遮羞。这个时候的男子是最害羞的。比如刚从蛋壳里出来不久的小鸟，只扎出了圆毛，还没长成扁毛，还不会飞，这时的小鸟是最脆弱的，最见不得人的。王风越是不愿意让人看他那个地方，在澡堂里洗澡的那些窑工越愿意看他那个地方。一个窑工说："哥们儿，站起来亮亮，咱俩比比，看谁的棒。"另一个窑工对他说："哥们儿，你的鸟毛还没扎全哪！"还有一个窑工说："这小子还没开过壶吧！"他们这么一逗，王风臊得更不敢露出下身。他蹲着移到水池一角，面对澡堂的后墙，用手撩着水洗脸搓脖子。

一个窑工向着澡堂外面，大声喊："老马，老马！"

老马答应着过来了，原来是一个年轻媳妇。年轻媳妇说："喊什么，这么好的水还埋不住你的腚眼子吗?!"

喊老马的窑工说："水都凉了，你再给来点热乎的，让我们也舒服一回。"

"舒服你娘那脚！"年轻媳妇一点也不避讳，说着就进澡堂去了。

那些光着身子洗澡的窑工更有邪的，见年轻媳妇进来，他们不但不躲避，反而都站起来了，面向年轻媳妇。他们咧着嘴，嘿嘿地笑着，笑得有些傻。只有王风背着身子，躲在那些窑工后面的水里不敢动。他不知道会发生什么样的事。

当年轻媳妇从大锅里起出一桶热水，泼向他们身上时，他们才一起乱叫起来。也许水温有些高，泼在他们身上有点烫，也许水温正好，他们确实感到舒适极了，也许根本就不是水的缘故，而是另有原因，反正他们的确兴奋起来了。他们的叫声像是欢呼，但调子又不够一致。叫声有的长，有的短，有的粗，有的细，而且发的都是没有明确意义的单音。如果单听叫声，人们很难判断出他们是一群人，还是一群别的什么动物。

"瞎叫什么，再叫老娘也没奶给你们吃！"年轻媳妇又起了一桶水，倒进池里。

一个窑工说："老马，这里有个没开壶的哥们儿，你帮他开开壶怎么样？"

"什么？没有开过壶？"老马问。

有人让王风站起来，让老马看看，验证一下。

王风知道众人都在看他，那个女人也在看他，他如针芒在背，恨不得把头也埋进水里。

有人动手拉王风的胳膊，有人往后扳王风的肩膀，还有人把脚伸到王风屁股底下去了，张着螃蟹夹子一样的脚指头，在王风的腿裆里乱来。

王风恼了，说："谁再招我，我就骂人！"

二叔说话了："我侄子害羞，你们饶了他吧。"

年轻媳妇笑了，说："看来这小子还真没开过壶。钻窑门子的老不开壶多亏呀，你们帮他开开壶吧！"

一个窑工说："我们要是会开壶还找你干什么，我们没工具呀！"

年轻媳妇说："这话稀罕，我不是把工具借给你了吗？"

那个窑工一时不解，不知年轻媳妇指的是什么。别的窑工也在那个窑工身上乱找，不明白年轻媳妇借给他的工具在哪里。

年轻媳妇把题意点出来了，说："你们往他鼻子底下找。"

众人恍然大悟似的笑了……

王风睡觉睡得很沉，连午饭都没吃，一觉睡到了半个下午。刚醒来时，他没弄清自己在哪里。眨眨眼，他才想起来了，自己睡在地上。这个宿舍是圆形的，半截在地下，半截在地上。进宿舍的时候先要下几级台阶，出宿舍也要先低头，先上台阶。整个宿舍打成了地铺，地铺上铺着碎烂的谷草。宿舍没有窗户，黑暗得跟窑下差不多，所以宿舍里一天到晚开着灯。灯泡上落了一层毛茸茸的东西，也很昏暗。王风看见，二叔和张叔叔也醒了，他们正凑在一起吸烟，没有说话。二位叔叔眉头皱着，他们的表情像是有些苦闷。宿舍还住着另外几个窑工，有的还在大睡，有的捏着大针缝衣服，有的把衣服翻过来捉虱子。还有一个窑工，身子靠在墙壁上，在看一本书。书已经很破旧了，封面磨得起了毛。隐约可以看见，封面上的人物穿的是大红大绿的衣服，好像还有一把闪着光芒的剑。王风估计，那个窑工看的可能是一本武侠小说。

王风欠起身来，把带来的挎包打开了。他从挎包里拿出来的是他的课本，有英语、物理、政治、语文等。每拿出一本，他翻了翻，放下了。翻开语文课本时，他从课本里拿出一张照片看起来。照片是他们家的全家福，后面是他爹和他娘，前面是他和妹妹。看着看着，他就走神了，心思就飞回老家去了。

"王风，看什么呢?"二叔问。

王风打了一个冷战，说:"照片，我们家的照片。"

"给我看看。"

王风把照片给二叔，指着照片上的他爹介绍说:"这个就是我爹。"

二叔虎起脸子，狠瞪了他一眼。

王风急忙掩口。他意识到自己失口了，哪有当弟弟不认识哥哥的。

二叔说:"我知道，这张照片我见过。"说了这句，他意识到自己也失口了，差点儿露出一个线索。为了掩饰，他补充了一句："这张照片是在咱们老家照的。"

张敦厚探过头来，把照片看了一下，他只看了一下就不看了，转向王明君。

王明君也在看他。

两个人同时认定，这张照片跟张敦厚上次撕掉的那张照片一模一样，照片上的那个男人正是他们上次办掉的点子，不用说，这小子就是那个点子的儿子。

二叔把照片还给了王风，说："这张照片太小了，应该放大一张。"王风刚接到照片，他又把照片抽回来了，说，"这样吧，我正好到镇上有点事，顺便给你放大一张。"说着就把照片放进自己口袋里，站起来出门去了。往外走时，他装作无意间碰了张敦厚一下。张敦厚会意，跟在他后面向宿舍外头走去。来到一条山沟里，他们看看前后无人，才停下来了。王明君说："坏了，在火车站这小子一说他姓元，我就觉得不大对劲，怀疑他是上次那个点子的儿子，我就不想要他。看来真是那个点子的儿子，他妈的，这事怎么这么巧呢！"

张敦厚说："这有什么，只要有两条腿的，谁都一样，我只认点子不认人！"

"咱要是把这小子当点子办了，他们家不是绝后了吗?!"

"我总觉得这事有点儿奇怪，这小子不是来找咱们报仇的吧?"

"要是那样的话，更得把他办掉了，来个斩草除根！"他的手向王明君一伸，"拿来!"

"什么?"

"照片。"

王明君把照片掏出来了，递给了张敦厚。张敦厚接过照片，连看都不看，就一点一点撕碎了。他撕照片的时候，眼睛却瞅着王明君，仿佛是撕给王明君看的。

王明君没有制止他撕照片，说："你看我干什么？"

"不干什么，你不是要给他放大吗？"

"去你妈的，你以为我真要给他放大呀，我觉得照片是个隐患，那样说是为了把照片从他手里要过来。"

张敦厚把撕碎的照片扔在地上，一脚踩上去使劲往土里拧。拧不进土里，他就用脚后跟蹬出一些碎土，把照片的碎片埋上了。

十二

第二次从窑里出来，王风有了收获，带到窑上一块儿煤。煤块儿像一只蛤蜊那么大，一面印着一片树叶。发现这块儿带有树叶印迹的煤时，王风觉得十分欣喜，马上拿给二叔看，说："二叔二叔，你看，这块儿煤上有一片树叶，这是树叶的化石。"

二叔说："这有什么稀罕的。"

王风说："稀罕着呢。老师给我们讲过，说煤是森林变成的，我们还不相信呢。有了这块儿带树叶的煤，就可以证明煤确实是亿万年前的森林变成的。"

"煤就是煤，证明不证明有什么要紧。煤是黑的，再证明也变不成白的。好了，扔了吧。"

"不，我要把这块煤带回老家去，给我妹妹看看，给老师看看。"

"你打算什么时候回老家？"

"我也不知道。听二叔您的，您说什么时候回，咱就什么时候回。"

王明君牙齿间冷笑了一下，心说："你小子还惦着回老家呢，过个三两天，你的魂儿回老家去吧。"

王风把煤块儿拿到宿舍里，又在那里反复看。印在煤上的树叶是扇形的，叶梗叶脉都十分清晰。王风不知道这是什么树的叶子，也许这样的树早就绝种了。他用手指肚把"扇面"轻轻摸了一下，还捏起两根指头去捏树叶的叶梗。他想，要是能从煤上揭下一片黑色的树叶，那该多好哇。

同宿舍有一位岁数较大的老窑工问他："小伙子，看什么呢？"

"树叶，长在煤上的树叶。"

"给我看看行吗？"

王风把煤块给老窑工送过去了。老窑工翻转着把煤端详了一下，以赞赏的口气说："不错，是树叶。这树叶就是煤的魂哪！"

王风有些惊奇，问："煤还有魂？"

老窑工说："这你就不懂了吧，煤当然有魂。以前这地方不把煤叫煤，你知道叫什么吗？"

"不知道。"

"叫神木。"

"神木？"

"对，神木。从前，这里的人并不知道挖煤烧煤。有一年发大水，把煤从河床里冲出来了。人们看到黑家伙身上有木头的纹路，一敲当当响，却不是木头，像石头。人们把黑家伙捞上来，也没当回事，随便扔在院子里，或者搭在厕所的墙头上了。毒太阳一晒，黑家伙冒烟了，这是怎么回事，难道黑家伙能当木头烧锅吗？有人把黑家伙敲下了一块，扔进灶膛里去了。你猜怎么着，黑家伙呼呼地着起来了，浑身通红，冒出来的火头蓝莹莹的，真是神了。大家突然明白了，这是大树老得变成神了，变成神木了。"

王风听得眼睛亮亮的，说："我这块儿煤就是带树叶的神木。"

王明君不想让王风跟别人多说话，以免露了底细，说："王风，我让你刮胡子你刮了吗？"

"还没刮。"

"你这孩子就是不听话，要是这样的话，下次我就不带你出来了。马上刮去吧。"

王风从书包里拿出刮胡子刀，开始刮胡子。他把唇上的一层细细的茸毛摸了摸，迟疑着下不了刀子。他这是平生第一次刮胡子，心里不大情愿。他也听说过，胡子越刮长得越旺。他不想让胡子长旺。男同学们都不想让胡子长旺。胡子一长起来，就不像个学生了。可是，二叔让他刮，他不敢不刮。二叔希望他尽快变成一个大人的样子，他不能违背二叔的意志。把刀片的利刃贴在上唇上方，他终于刮下了第一刀。胡子没有发出什么声响，第一茬胡子就细纷纷地落在地铺的谷草上。他是干刮，既没有湿水，也没打肥皂。刮过之后，他觉得嘴唇上面有点热辣辣的，像是失去了什么。他不由得生出了几分伤感。

下午睡醒后，王风拿出纸和笔，给家里人写信。他身子靠着墙，把课本搁在膝盖上，信纸垫着课本写，每写一句都要想一想。想起妹妹，好像是看见妹妹。问起娘，好像是看到娘。提到尚未找到的爹，他像是看到了爹。不知怎么留下的形象出现在他的脑海里：妹妹是在娘面前哭，怕娘不让她上学；娘是满头草灰、满头大汗地在灶屋里做饭；爹呢，则是背着铺盖卷儿从外面回家。亲人的形象在他脑子里闪过，他的鼻子酸了又酸，眼圈红了又红。要不是他揉了好几次眼，他的眼泪几乎打在信纸上了。

张敦厚碰碰王明君，意思让他注意王风的一举一动。王明君看出王风是给家里人写信，故意问道："王风，给女同学写信呢？"

王风说："不是，是给我妹妹写。"

"你在学校里跟女同学谈过恋爱吗？"

王风的脸红了，说："没有。"

"为什么？没有女同学喜欢你吗？"

"老师不准同学们谈恋爱。"

"老师不准的事多着呢，你偷偷地谈，别让老师发现不就得了。跟二叔说实话，有没有女同学喜欢过你。"

王风皱起眉头想了一下，还是说没有。

"再到学校自己谈一个，那样我和你爹就不用操你的心了。"

王风写完了信，王明君马上把信要过去了，说他要到镇上办点事，捎带着替王风把信送到邮局发走。王风对二叔深信不疑。

王明君拿了信，就到附近的一条山沟里去了。张敦厚随后也去了。他们找了一个背风和背人的地方，坐下来看王风的信。王风在信上告诉妹妹，他现在找到了工作。在一个矿上挖煤。等他发了工资，就给家里寄去，他保证不让妹妹失学。他要妹妹一定要努力学习。说他放弃了上学，正是为了让妹妹好好上学，希望妹妹一定要争气呀！他问娘的身体怎么样，让妹妹告诉娘，不要挂念他。他用了一个词，好男儿志在四方。他也是一个男儿，不能老靠娘养活，该出来闯一闯了。还说他工作的地方很安全，请娘不要为儿担心。他说，他还没有打听到爹的下落，他会继续打听，走到哪里打听到哪里。有了钱后，他准备到报社去，在报纸上登一个寻人启事。他不相信爹会永远失踪。王明君还没把信看完，张敦厚捅了他一下，让他往山沟上面看。王明君仰起脸往前面山沟的崖头上一看，赶紧把信收起来了。崖头上站着一个居高临下的人，手里牵着一条居高临下的狗，人和狗都显得比较高大，几乎顶着了天。人是本窑的窑主，狗是窑主的宠信。窑主及其宠信定是观察过他们一会儿了，窑主大声问："你们两个干什么呢？鬼鬼祟祟的，不是在搞什么特务活动吧？"

狼狗随声附和，冲他们威胁似的低吠了两声。

王明君说："是矿长啊！我让侄子给家里写了一封信，我给他看看有没有错别字。"

"看信不在宿舍里看，钻到这里干什么！

"我告诉你们，要干就老老实实地干，不要给我捣乱！"

狗挣着要往山沟下冲，窑主使劲拽住了它，喝道："哎，老希，老希，老实点儿！"窑主给老希指定了一个方面，他和老希沿着崖头上沿往前走了。老希在前面挣，窑主在后面拖。老希的劲很大，窑主把铁链子后面的皮绳缠在手上，双腿戗地，使劲往后仰着身子，还是被老希拖得跌跌撞撞，收不住势。

王明君一直等到窑主和狗在崖头上消失，才接着把信看完。王风在信的最后说，他遇到了两个好心人，一个是王叔叔，一个是张叔叔。两个叔叔都对他很关心，像亲叔叔一样。王明君把信捏着，却没有说信的事。对窑主的突然出现，他心里还惊惊的，咬了一下牙说："我看这个窑主是个老狐狸，他是不是发现咱们有什么不对劲的地方了。"

张敦厚说:"不可能,他是出来遛狗,偶尔碰见我们了。狗不能老拴着,每天都要遛一遛。你不要疑神疑鬼。"

王明君不大同意张敦厚的说法,说:"反正我觉得这个窑主不一般,不说别的,你听他给狗起的名字,希特勒,把'希特勒'牵来牵去的人,能是好对付的吗?!"

"不好对付怎么的,窑上死了人他照样得出血。你只管把点子办了,我来对付他!"张敦厚把信要过去,看了一遍。他没把信还给王明君,冷笑一下,就把信撕碎了,跟撕照片一样。

王明君不悦:"你,怎么回事?"

"我怎么啦?"

"我自己不会撕吗?"

"会撕是会撕,我怕你舍不得撕。"

"这是什么意思?"

"什么意思这要问你,你是不是同情那小子啦?"

王明君打了一个愣,否认说:"我干吗要同情他!我同情他,谁同情我?"

张敦厚说:"这就对了,你想想看,这信要是发出去,就等于把商业秘密露出去了,咱们的生意就做不成了。就算咱硬把生意做了,这封信捏在人家手里,也是一个祸根。"

"就你懂,我是傻子,行了吧!我把信要过来为什么,还不是为了随时掌握情况,及时堵塞漏洞。我主要是想着,这小子来到人世走一回,连女人是什么味都没尝过,是不是有点亏?"

"这还不好办,把他领到路边店,或者发廊,找个女人玩一把不就得了。"

"把这个任务交给你，你带他去玩吧。"

张敦厚不由得往旁边躲了一下，说："那是你侄子，干吗交给我呀！有那个钱，我自己还想玩呢。再说了，咱们以前办的点子，从来没有这个项目，谁管他女人不女人。"

王明君指着张敦厚："这就是你的态度？你不合作是不是？"

"谁不合作了？我说不合作了吗？"

"那你为什么斤斤计较，光跟我算小账？"

张敦厚见王明君像是恼了，做出了妥协，说："得得得，钱你先垫上，等窑主把钱赔下来，咱哥俩平摊还不行吗?！"

张敦厚主张当天下午就带王风去开壶，王明君坚持明天再去。两个人在这个问题上又产生了分歧。张敦厚认为，解决点子要趁早，让点子多活一天，就多一天的麻烦。王明君说，今天他累了，没精神，不想去。要去由张敦厚一个人带点子去。张敦厚向王明君伸手，让王明君借钱给他。王明君在他手上狠抽了一巴掌，说："借给你一个屁！"

不料张敦厚说："拿来，拿来，屁我也要。"

"没有你不要的东西，我看你小子完了，不可救药了。"

十三

这天下班后，他们吃过饭没有睡觉，王明君和张敦厚就带王风到镇上去了。按照昨天的计划，在办掉点子之前，他们要让这个年轻的点子尝一尝女人的滋味，真正当一回男人。

走出煤矿不远，他们就看见路边有一家小饭店。饭店门口的高脚凳子上坐着两个小姐。阳光亮亮的，他们远远地就看见两个小姐穿得花枝招展，脸很白，嘴唇很红，眉毛很黑。张敦厚对王风说："看，鸡。"

王风往饭店门前看了看，说："没有鸡呀。"

张敦厚让他再看看。

王风还是没看见，他问："是活鸡还是死鸡？"

张敦厚说："当然是活鸡。"

王风摇头，说："没看见。只有两个女的在那儿嗑瓜子儿。"

"对呀，那两个女的就是鸡。"

王风不解，说："女人是人，怎么能是鸡呢！"

张敦厚笑着拍了一下王明君，说："你二叔对鸡很有研究，让你二叔给你讲讲。"

王风求知似的看着二叔。

二叔说："别听你张叔叔瞎说，我也不懂。女人是人，鸡是鸡。鸡可以杀吃，女人又不能杀吃，干吗把人说成鸡呢？"

张敦厚想了想说："谁说女人不能杀吃，只是杀法不大一样，鸡是杀脖子，女人是杀下边。"

这话王风更不懂了，说："怎么能杀人呢？"

杀人的话题比较敏感了，二叔说："你张叔叔净是胡扯。"

王明君本想把这家小饭店越过去，到镇上再说。到了跟前，才知道越过去是不容易的。两位小姐一看见他们，就站起来，笑吟吟地迎上来，叫他们"这几位大哥"，给他们道辛苦，请他们到里面歇息。

王明君说："对不起，我们吃过饭了。"

一位小姐说："吃过饭没关系，可以喝点茶嘛。"

王明君说："我们不渴，不喝茶。我们到前边看看。"

另一位小姐说："怎么会不渴呢，出门在外的，男人家没有一个不渴的。"

张敦厚大概想在这里让点子解决问题，问："你们这里都有什么茶，有花茶吗?"

一位小姐说："有哇，什么花都有，你们想怎么花就怎么花。"

两位小姐说着就上来了，样子媚媚的，分别推王明君和张敦厚的腰窝。

二人经不起小姐这样推法，嘴当家腿不当家，说着不行不行，腿已经插入饭店的门口里了。饭店里空空的，没有别的客人。

只有王风站在饭店门外没动。他没见过这样的阵势，不知会发生什么事情。

一个小姐回头关照他，说："这个小哥哥，进来呀，愣着干什么! 我们不是老虎，不吃人。"

二叔说："进来吧，咱们坐一会儿。"

王风这才迟疑着进去了。

他们刚坐定，站在柜台里面的女老板过来了，问他们用点什么。女老板个子高高的，姿色很不错，看样子岁数也不大，不会超过三十岁。关键是女老板笑得很老练，很有一股子抓人的魅力，让人不可抗拒。

王明君问："你们这里有什么?"

女老板说："我们这里有小姐呀，只要有小姐，就什么都有了，对不对?"

王明君不由得笑了笑，承认女老板说得对，但他还是问了一句："你们这里有按摩服务吗?"

"当然有了，你们想怎么按就怎么按，做爱也可以。"

"啊，做爱!"做爱的说法使张敦厚激动得嘴都张大了，"这个词儿真他妈的好听。"

王风的脸红了，眼不敢看人。他懂得做爱指的是什么。

王明君让女老板跟他到一边去了。他小声跟女老板讨价还价。女老板说做一次二百块。他说一百块。后来一百五成交。女老板说："你们三个人，我这里只有两个小姐，你们当中一个人还要等一下。"

王明君把女老板满眼瞅着，说："加上你不是正好吗，咱俩做怎么样？"

女老板微笑得更加美好，说："我不是不可以做，不过你至少要出五百块。"

王明君说："开玩笑开玩笑。"他把王风示意给女老板看，小声说："那是我侄子，今天我主要是带他来见见世面，开开眼界。"

女老板似乎有些失望。

王明君回过头做王风的思想工作，说："我看你这孩子力气还没长全，干起活儿来没有劲。今天呢，我请人给你治治。你不用怕，一不给你打针，二不让你吃药，就是给你做一个全身按摩，经过按摩你的肌肉就结实了，骨头就硬了，人就长大了。"

女老板指派一个小姐过来了，小姐对王风说："跟我来吧。"

王风看着二叔。二叔说："去吧。"

跟小姐走了两步，王风又退回来了，对二叔说："我不想按摩，我以后加强锻炼就行。"

二叔说："锻炼代替不了按摩，去吧，听话。我和张叔叔在这里等你。"

饭店后墙有一个后门，开了后门，现出后面一个小院，小院里有几间平房。小姐把王风领到一间平房里去了。

不大一会儿，王风就跑回来了，他满脸通红，呼吸也很急促。

二叔问："怎么回事?"

王风说："她脱我的裤子，还，还……我不按摩了。"

二叔脸子一板，拿出了长辈的威严，说："浑蛋，不脱裤子怎么按摩。你马上给我回去，好好配合人家的治疗，人家治疗到哪儿，你都得接受。不管人家用什么方法治疗，你都不许反对。再见你跑回来我就不要你了!"

这时那位小姐也跟出来了，在一旁哧哧地笑。王风极不情愿地向后院走时，王明君却把小姐叫住了，向小姐询问情况。

小姐说："他两手捂着那地方，不让动。"

"他不让动，你就不动啦? 你是干什么吃的! 把你的技术使出来呀! 我把丑话说到前面——"说到这里，他看了一眼回到柜台里的老板娘，意思让老板娘也听着，"你要是不把他弄好，我就不付钱。"

张敦厚趁机把小姐的屁股摸了一把，嘴脸馋得不成样子，说："我这位侄子还是童男子，一百个男人里边也很难遇到一个，你吸了他的精，我们不跟你要钱就算便宜。"

小姐到后院去了，另一个小姐继续到门外等客，王明君和张敦厚就看着女老板笑。女老板也对他们笑。他们笑意不明，都笑得有些怪。女老板对王明君说："你对你侄子够好的。"

王明君却叹了一口气："当男人够亏的，拼死拼活挣点钱，你们往床上一仰八，就把男人的钱弄走了。有一点我就想不通，男人舒适，你们也舒服，男人的损失比你们还大，干吗还让男人掏钱给你们！"

女老板说："这话你别问我，去问老天爷，这是老天爷安排的。"

说话之间，王风回来了。王风低头走到二叔跟前，低头在二叔跟前站下，不说话。他脸色很不好，身上好像还有些抖。

二叔问："怎么，完事啦？"

王风抬起头看二叔，嘴一瘪鼓一瘪鼓，突然间就哭起来了，他咧开大嘴，哭得呜呜的，眼泪流得一塌糊涂。他哭着说："二叔，我完了，我变坏了，我成坏人了……"哭着，一下子抱住了二叔，把脸埋在二叔肩膀上，哭得更加悲痛。

二叔冷不防被侄子抱住，吓了一跳。但他很快明白这是怎么回事，男孩子第一次发生这事，一点也不比女孩好受。他接住了王风，一只手拍着王风的后背，安慰王风说："没事，啊，别哭了。作为一个男人，早晚都要经历这种事，权当二叔给你娶了一房媳妇。"这样安慰着，他无意中想到了自己的儿子，仿佛怀里搂的不是侄子，而是自己的亲生儿子。他未免有些动感情，神情也凄凄的。

那位小姐大概被王风的痛哭吓住了，躲在后院不敢出来。女老板摇了摇头，不知在否定什么。张敦厚笑了一下又不笑了，对王风说："你哭个球呢，痛快完了还有什么不痛快的！"

王风的痛哭还止不住，他说："二叔，我没脸见人了，我不活了，我死，我……"

二叔一下子把他从怀里推开，训斥说："死去吧，没出息！我看你怎么死，我看你知不知道一点好歹！"

王风被镇住了，不敢再大哭，只是抽抽噎噎的。

十四

他们三人回到矿上，见窑主的账房门口跪着两个人，一个大人和一个孩子。大人年龄也不大，看上去不过二十七八岁。他是一个断了一条腿的瘸子，右腿连可弯曲下跪的膝盖都没有了，空裤管打了一个结，断腿就那么直接戳在地上。大概为了保持平衡，他右手扶着一支木拐。孩子是个男孩儿，五六岁的样子。孩子挺着上身，跪得很直。但他一直塌蒙着眼皮，不敢抬头看人。孩子背上还斜挎着一个脏污的包袱。王明君他们走过去，正要把跪着的两个人看一看，从账房里出来一个人，挥挥手让他们走开，不要瞎看。这个人不是窑主，像是窑主的管家一类的人物。他们往宿舍走时，听见管家呵斥断腿的男人："不是赔过你们钱了吗，又来干什么！再跪断一条腿也没有，快走！"

断腿男人带着哭腔说："赔那一点钱够干什么的，连安个假腿都不够。我现在成了废人，老婆也跟我离婚了，我和儿子怎么过呀。你们可怜可怜我们吧！"

"你老婆和你离不离婚，跟矿上有什么关系。你不是会告状吗，告去吧。实话告诉你，我们把钱给接状纸的人，也不会给你。你告到哪儿也没用！"

"求求你，给我儿子一口饭吃吧，我儿子一天没吃饭了，我给你磕头……"

他们仨进宿舍刚睡下，听见外面人嚷狗叫，还有人大声喊救命，就又跑出来了。别的窑工也都跑出来看究竟。

窑口煤场停着一辆装满煤的汽车，汽车轰轰地响着。两个壮汉把断腿男子连拖带架，往煤车上装。断腿的人一边使劲扭动，拼命挣扎，一连声嘶力竭地喊："放开我！放开我！还我的腿，你们还我的腿！我儿子，我儿子！"

儿子哇哇大哭，喊着："爸爸！爸爸！"

狼狗狂叫着，肥大的身子一立一立的，把铁链子抖得哗哗作响。

两个壮汉像往车上装半布袋煤一样，胡乱把断腿的人扔到煤车顶上去了，然后把他儿子也弄上去了。汽车往前一蹿开走了。断腿的抓起碎煤面子往下撒，骂道："你们都不得好死！"

汽车带风，把小男孩儿头上的棉帽子刮走了。棉帽子落在地上，翻了好几个滚才停。小男孩儿站起来看他的帽子，断腿的人一把把他拉坐下了。

窑主始终没有露面。

回到宿舍，窑工们蔫蔫的，神色都很沉重。那位给王风讲神木的老窑工说："人要死就死个干脆，千万不能断胳膊少腿。人成了残废，连狗都不待见，一辈子都是麻烦事。"

张敦厚悄悄地对王明君说："咱要狠狠治这个窑主一下子。"

王明君明白，张敦厚的言外之意是催他赶快把点子办掉。他没有说话，扭脸看了看王风。王风已经睡着了，脸色显得有些苍白。这孩子大概在梦里还委屈着，他的眼睫毛是湿的，还时不时在梦里抽一下长气。

下午太阳落山的时候，他们从狼狗面前走过，又下窑去了。这是他们三个在这个私家煤窑干的第五个班。按照惯例，王明君和张敦厚应该把点子办掉了。窑上人已普遍知道了王风是王明君的侄子，这是一。他们的劳动也得了窑主的信任，窑主认为他们的技能还可以，这是二。连狼狗也认可了他们，对他们下窑上窑不闻不问，这是三。看来铺垫工作已经完成了，一切条件都成熟了，只差把点子办掉后跟窑主要钱了。

窑下的掌子面当然还是那样隐蔽，氛围还是那样好，很适合杀人。镐头准备好了，石头准备好了，夜幕准备好了，似乎连污浊的空气也准备好了，单等把点子办掉了。可是，时间在一分一秒地过去，运煤的已经运了好几趟煤，王明君仍然没有动手。

张敦厚有些急不可耐，看了王明君一次又一次，用目光示意他赶快动手。他大概觉得目光示意不够有力，就用矿灯灯光的光棒子往下猛劈，用意十分明显。然而王明君好像没领会他的意图，没有往点子身边接近。

张敦厚说："哥们儿，你不办我替你办了！"说着笑了一下。

王明君没有吭声。

张敦厚以为王明君默认了，就把镐头拖在身后，向王风靠近。

王风已经学会刨煤了。他把煤壁观察一下，用手掌摸一摸，找准煤壁的纹路，用镐尖顺着纹路刨。他不知道煤壁上的纹路是怎样形成的，按他自己的想象，既然煤是树木变成的，那些纹路也许是树木的花纹。他顺着纹路把煤壁掏成一个小槽，然后把镐头翻过来，用镐头铁锤一样的后背往煤壁上砸。这样一砸，煤壁就被震松了，再刨起来，煤壁就土崩瓦解似的纷纷落下来。王风身上出了很多汗，细煤一落在他身上，就被他身上的汗水粘住了，把他变成了一个黑人，或者是一块人形的煤。不过，他背上的汗水又把沾在身上的煤粉冲开了，冲成了一道道小溪，如果把王风的脊背放大了看，他的背仿佛是一个浅滩，浅滩下淙淙流淌着不少小溪，黑的地方是小溪的岸，明的地方是溪流中的水。中间那道溪流为什么那样宽呢，像是滩下的主河道。噢，明白了，那是王风的脊梁沟。王风没有像二叔和张叔叔那样脱光衣服，赤裸着身子干活儿，他还是坚持穿着裤衩干活儿。很可惜，他的裤衩已经看不出原来的颜色了，变成黑色的。而且，裤衩后面还烂了一个大口子，他每刨一下煤，大口子就张开一下，仿佛是一个垂死呼吸的鱼嘴。这就是我们的高中一年级的一个男生，他的本名叫元凤鸣，现在的代号叫王风。他本来应该和同学们到宽阔的操场上去，打打篮球，玩玩单双杠，或做些别的游戏。可是，由于生活所逼，他却来到了这个不为人知的万丈地底，正面临着生命的危险。

　　张敦厚已经走到王风身后，他把镐头拿到前面去了，他把镐头在手里顺了顺，他的另一只手也握在镐把上了，眼看他就要把镐头举起来——这时王明君喊了一声："王风，注意顶板！"

　　王风应声跳开了，张敦厚被暴露在一块空地里。他握镐的手松垂下来了，镐头拖向地面。尽管他的意图没有暴露，没有被毫无防人之心的王风察觉，他还是有些泄气，进而有些焦躁。他认为王明君喊王风喊的不是时候，不然的话，他一镐下去就把点子办掉了。他甚至认为，王明君故意在关键时候喊了王风一嗓子，意在提醒王风躲避。躲避顶板是假，躲避打击是真。他不明白这是为什么。为什么？难道王明君不愿让他替他下手？难道王明君不想跟他合作啦？难道王明君要背叛他？他烦躁不安地在原地转了两圈，就气哼哼地靠在巷道边坐下了。坐下时，他把镐头的镐尖狠狠地往底板上刨去。底板是一块石头，镐尖打在上面，砰地溅出一簇火花。亏得这里瓦斯不是很大，倘是瓦斯大的话，有这簇火花做引子，窑下马上就会发生瓦斯爆炸，在窑底干活儿的人统统都得完蛋。

　　张敦厚坐了一会儿，气不但没消，反而越生越大，赌气变成了怒气。他看王风不顺眼，看王明君也不顺眼。他不明白，王风这点子怎么还活着，王明君这狗日的怎么还容许点子活着。点子一刻不死，他就一刻不痛快，好像任务没有完成。王明君迟迟不把点子打死，他隐隐觉得哪里出了毛病，出了障碍，不然的话，这次合作不会如此别扭。王明君让王风歇一会儿，他自己到煤壁前刨煤去了。他刨着煤，还不让王风离开，教王风怎样问顶。说如果顶板一敲当当响，说明顶板没问题。如果顶板发出的声音空空的，就说明上面有了裂缝，一定要加倍小心。他站起来，用镐头的后背把顶板问了问。顶板的回答是空洞的，还有点闷声闷气。王风看看王明君。王明君说，现在问题还不大，不过还是要提高警惕。张敦厚在心里骂道："警惕个屁！"看着王明君对王风那么有耐心，他对他们二人的关系产生了怀疑，难道王明君真把王风当成了自己的亲侄子？难道他们私下里结成了同盟，要联合起来对付他？张敦厚顿时警觉起来，不行，一定要尽快把点子干掉。于是他装出轻松的样子，又拖着镐头向王风走过去。他喉咙里还哼哼着，像是哼一支意义不明的小曲。他用小曲迷惑王风，也迷惑王明君。他在身子一侧又把镐头握紧了，看样子这次不准备用双手握镐把儿了，而是利用单手的甩力把镐头打击出去。以前，他打死点子时，一般都是从点子的天灵盖往下打，那样万一人验伤时，可以轻易地把受伤处推给顶板落下的石头。这次他不管不顾了，似乎要把镐头平甩出去，打在王风的耳门上。就在他刚要把镐头抡起来时，王明君再次干扰了他，王明君喊："唐朝阳！"

提起唐朝阳，等于提起张敦厚上次的罪恶，他一愣，仿佛自己头上被人击一镐，自己手里的镐头差点松脱了。他没答应，却问："你喊谁？谁是唐朝阳！"

王明君没有肯定他就是唐朝阳，过去抓住他的一只胳膊，把他拉到掌子面外头的巷道里去了。张敦厚意识到王明君抓他的胳膊抓得有些狠，他胳膊使劲一甩，从王明君手里挣脱了。他骂了王明君，质问王明君要干什么。

王明君说："咱不能坏了规矩。"

"什么规矩？"

王明君刚要说明什么规矩，王风从掌子面跟出来了，他不知道这两个叔叔之间发生了什么事。

王明君厉声喝道："你出来干什么？回去，好好干活儿！"

王风赶紧回掌子面去了。

王明君说出的规矩是，他们还没有让王风吃一顿好吃的，还没有让王风喝点上路的酒。

张敦厚不以为然，说："小破孩儿，他又不会喝酒。"

"会不会喝酒是他的事，让不让喝酒是咱的事，大人小孩儿都是人，规矩对谁都一样。"

张敦厚很不服，但王明君的话占理，他驳不倒王明君。他的头拧了两下，说："明天再不办咋说？"

"明天肯定办。"

"你唷谁的腔？我看没准儿。"

"明天要是办不成，你就办我，行了吧！"

张敦厚没有说话。

这个时候，张敦厚应该表一个态，指出王明君是开玩笑，他不说话是危险的，至少王明君的感觉是这样。

等张敦厚觉出空气沉闷应该开一个玩笑时，他的玩笑又很不得体，他说："你是不是看中那小子了，要留下做你的女婿呀！"

"留下给你当爹！"王明君说。

十五

最后一个班，王明君在掌子面做了一个假顶。所谓假顶，就是上面的石头已经悬空了，王明君用一根点柱支撑住，不让石头落下来。需要石头落下来时，他用镐头把点柱打倒就行了。这个办法类似用木棍支起筛子捉麻雀，当麻雀来到筛子下面时，把木棍拉倒，麻雀就被罩在下面了。不对，筛子扣下来时，麻雀还是活的，而石头拍下来时，人十有八九会被拍得稀烂。王明君把他的想法悄悄地跟张敦厚说了，这次谁都不用动手，他要制造一个真正的冒顶，把点子砸死。

张敦厚笑话他，认为他是脱下裤子放屁，多此一举。

王明君把假顶做好了，只等王风进去后，他退到安全地带，把点柱弄倒就完了。那根点柱的作用可谓千钧一发。

在王明君煞费苦心地做假顶时，张敦厚没有帮忙，一直用讥讽的目光旁观他，这让王明君十分恼火。假顶做好后，张敦厚却过去了，把手里的镐头对准点柱的根部说："怎么样，我试试吧？"

王明君正在假顶底下，如果张敦厚一试，他必死无疑。"你干什么？"王明君从假顶下跳出来了，跳出来的同时，镐头阻挡似的朝张敦厚抢了一下子。他用的不是镐头的后背，而是镐头的镐尖，镐尖抢在张敦厚的太阳穴上，竟把张敦厚抢倒了。天天刨煤，王明君的镐尖是相当尖利的，他的镐尖刚一脱离张敦厚的太阳穴，成股的鲜血就从张敦厚脑袋一侧滋出来。这一点既出乎张敦厚的意料，也出乎王明君的意料。

张敦厚的眼睛瞪得十分骇人，他的嘴张着，像是在质问王明君，却发不出声音。但他挣扎着，抱住了王明君的一只脚，企图把王明君拖到假顶底下，他再把点柱蹬倒……

王明君看出了张敦厚的企图，就使劲抽自己的脚。抽不出脚来，他也急眼了，喊道："王风，快来帮我把这家伙打死，就是他打死了你爹，快来给你爹报仇！"

王风吓得往后退着，说："二叔，不敢……不敢哪，打死人是犯法的。"

指望不上王风，王明君只好自己抡起镐头，在张敦厚头上连砸了几下，把张敦厚的头砸烂了。

王风捂着脸哭了起来。

"哭什么，没出息！不许哭，给我听着！"王明君把张敦厚的尸体拖到假顶下面，自己也站到假顶底下去了。

王风不敢哭了。

"我死后，你就说我俩是冒顶砸死的，你一定要跟窑主说我是你的亲二叔，跟窑主要两万块钱，你就回家好好上学，哪儿也不要去了！"

"二叔，二叔，你不要死，我不让你死！"

"不许过来！"

王明君朝点柱上端了一脚，磐石般的假顶轰然落下，烟尘四起，王明君和张敦厚顿时化为乌有。

王风没有跟窑主说明王明君是他的亲二叔，他把窑底看到的一切都跟窑主说了，说的全部是实话。他还说，他的真名叫元凤鸣。

窑主只给了元凤鸣一点回家的路费，就打发元凤鸣回家去了。

元凤鸣背着铺盖卷儿和书包，在一道荒路茫茫的土梁上走得很犹豫。既没找到父亲，又没挣到钱，他不想回家，可不回家又到哪里去呢？

《十月》2000年第3期

玄 白

吴 玄

一

刘白的围棋是他妻子教的。

刘白端着两盒围棋回家的时候，还根本不会下棋，只觉着那天的生活有点戏剧性。他喜欢生活中常来点小小的莫名其妙的戏剧性。其实谁都喜欢生活有点戏剧性。围棋盒子是藤编的，瓮状，透着藤的雅致，那时他喜欢盒子远甚于里面装的棋子，没想到就是这一黑一白的棋子完全改变了他既有的生活。多年后刘白想到那天的情景依然历历在目，那天早晨他原是出去开一个文学座谈会，这样的会他经常开，所以没有感觉。在一间被作家和准作家们弄得乌烟瘴气的会议室里嗑瓜子，长时间听一个省里来据说很有名的作家张着阔嘴阔论什么文学，若干小时后，名作家谈乏了不谈了并且要求大家也谈谈，大家生怕班门弄斧露丑虽有满腹高论却不敢开口，会议就进入冷场，主持人不断鼓励大家说呀说呀但是大家就是不说，只得指名刘白先说几句。他早已讨厌名作家居高临下钦差式的口吻，白了名作家一眼，说我也没什么可说，念首儿歌吧，儿歌是这样写的：一只蛤蟆一张嘴，两只眼睛四条腿，扑通扑通跳下水。大家始则莫名，继而哄笑，弄得主持人很费了些口舌圆场，会议才又庄严又隆重地继续下去。到热闹处，刘白就溜了，结果端着两盒围棋回家，心里怀着一点难以言说的兴奋。

刘白夫人雁南正在屋里坐月子。坐月子的任务就是吃喝拉睡，不准看书不准看电视不准打毛线。雁南闲得发慌，见刘白乐呵呵端了两盒围棋回来，就说我们来一盘。

刘白说，不会。

真扫兴，忘了你不会，雁南揉揉棋子，又说，是云子，手感很好，送我的吧？

不，人家送我的。

那就是送我，反正你不会。

可人家说我是棋王呢。

雁南大笑说，有意思，谁说你棋王？

就是广场上天天摆石子玩的那个棋癫子。

是他？雁南吃了一惊，问，他怎么送棋给你？

他说我是棋王，就送我了。

你棋王个屁。

怎么是屁，你先成为棋后，我不就是棋王啦？

雁南兴致大增说这还差不多，随即动员刘白也学围棋，说毕竟棋癫子有眼光，你确实是块下棋料子，我怎么不早发现，免得老找不到对手。

刘白懒懒地说，教吧。雁南受宠若惊便有板有眼地教，先讲序言，说围棋是国技，很高雅很中国特色的一种文化，相传是尧所创。弈者，易也。黑白象征阴阳，可能与《易经》同出一源，或者就是《易经》的演示，是一门玄之又玄无法穷究的艺术。那时文化界正流行《易经》热，刘白像大多数文化人，虽然并不了解《易经》，却很推崇，听说围棋与《易经》有关联，顿时脸上十分庄严肃穆，呆子似的坐着。雁南摊开棋盘，比比画画，不一会儿，刘白觉着懂了，说原来这么简单。雁南说大繁若简，妙就妙在规则简单。刘白说对。忘了雁南坐月子不能用脑，急着想试一盘，高手般拿双指夹起一粒黑子啪地一着打到星位上说，来！婴儿即被惊醒，呀呀乱哭，吓得雁南直伸舌头，忙着去哄，一边嘘嘘嘘地把尿，婴儿很快便又睡了，雁南说，你把星位都摆上黑子。

　　刘白说，我不要让。

　　那怎么下？

　　就这样你一颗我一颗下。

　　就让你试试吧。雁南随手拿子就碰，几着下来黑子被吃得一粒不剩，刘白扔了棋子，非常沮丧。

　　气什么？你已经学会就不错了，我的棋是家传的，几代人心血呢。你不是不知道，不让怎么行？

　　气倒不气。我懊丧的是怎么不早学围棋，这棋真不是雕虫小技，什么气、势、劫，还挺哲学的。

　　当然。

　　一会儿刘白说，怪。

　　怪什么？

说围棋是国技？

当然是国技，这还不知道？

可这围棋，棋子一颗一颗全都一样，没有大小、尊卑、贵贱，棋盘也是一格一格的，全都一样，没有固定位置，不像象棋，象有象路，车有车路，不能越雷池半步；也与《易经》明显不符，《易经》是有尊卑贵贱的，围棋体现的却是完全平等的精神，大同世界。中国文化缺乏的正是这种精神，恐怕不怎么中国特色吧？

雁南听了睁大眼睛，觉着有理，又似乎牵强，这是她不曾想过的，竟不知怎么回答。刘白见老婆被难住，也就不再发挥，转而说，我还真喜欢上围棋了，你怎么早不教我？

怎么我不教，你自己不学吗?!

唉唉，刘白叹道，怎么就不早学……我真的是下棋料子？

嗯。

你怎么知道？

雁南想了想说，你不是老谈静虚，围棋就是静虚，静而虚，虚而神，神游局内，意在子先，是围棋的境界。你平时写东西，一个字往往要思考半天，围棋最需要长考，你把长考用到围棋上，准行。

我的妈呀，你静虚啦？

雁南笑道，这些话是我父亲说的，我这个人缺乏耐性，心猿意马，哪能呢。你要是早学，可能比我强多了。

二

当地弈风颇盛，且源远流长，像雁南这样的围棋世家算不了什么。四十年前，曾出过一位大名鼎鼎的国手。国手少年东渡扶桑，拜吴清源门下，受日本现代棋风熏陶，得吴先生新布局之趣。时国内棋运不振，与日本差距甚远，棋手多为搏杀型，靠蛮力取胜，跟日本棋手下棋，就像扛长矛的碰上拿机关枪的，少有不败。国手学成归来，行棋大方明快，一着一式尽合棋理，如鹤立鸡群，深得棋瘾十足的陈毅元帅器重。国手自然士为知己者死，竭力振兴国技，扶持后学，期望不远的将来赶上日本。国手常说，差距虽远，并不足畏，日本棋士力量不足，最惧白刃战，我们取彼之长，攻彼之短，很快就能比肩。不幸若干年后"文革"作俑，国人忙于革命，百业俱废，陈毅元帅挨斗，国手也在劫难逃。

国手祖传一副比国手更知名的棋具，有天下第一棋子之誉，当时棋界几乎无人不知。去年日本《围棋》杂志还专门著文追寻那副棋具，顺便也怀念起国手其人，引经据典说棋盘是明朝的楸木，白子是白玉磨的，黑子是琥珀磨的。传说当时光磨一颗棋子手工费便要纹银四两，但是活着的人们谁也没有见过，终不识其真面目。国手的不幸即来源于此。"文革"一起，造反派就觊觎国宝，先是批斗游街，而后抄家，说棋具是四旧，应当销毁。造反派如何从国手手中夺走棋具，如今已经无据可查，但结局是清楚的，那就是国手疯了。

国手回到故乡，展现在人们面前的举动是日日在广场上摆石子玩。广场的西南角有一株老柳树，不知何年何月被雷劈成两截，腰粗的树干兀立着，顶上疏疏落落长些枯条，似柳非柳。国手就盘腿坐在树下，构成小城最具沧桑感的一处风景。国手面朝广场，脸上似笑非笑，一动不动好像一段枯木，每长考个把小时，才往面前的空地上轻轻放下一粒石子。起初，小城的人们都有点扼腕，久而久之，也就熟视无睹，走过老柳树甚至感觉不到棋癫子的存在。十年后，浩劫过去，中国开始复苏，棋界记起国手，派人专程从北京赶到小城，来人见国手这等模样，感慨万千，嘴里表示些尊敬，便怅然而归。

地方体育官员也想起用国手，重振棋乡之风，但不知棋癫子是否还会下棋，要考核一下，又有所不便，特意购了一副云子，叫了几位本地高手，去老柳树下请棋癫子手谈。国手看见棋子，倏地脸色大变，静物般的身子凌空跃起，上前一把夺过棋子，一步一步后退，退到一丈开外，好像被什么东西挡住，无处可退了，双手抱紧棋子，怒目而视，嘴里嗫嚅着想说什么，却什么也说不出来。官员连忙脸堆笑容道，这是我们送您的，请您手谈一局呢。面对官员的笑容，国手惊慌失措，脸部扭曲得不成样子，无疑是十年前疯狂的表情，看了令人心酸不已。

官员不甘就此作罢，总觉得国手没有全疯。有人强调看过棋癫子摆的石子，尽管看不真切，但确乎是棋谱。隔日，官员又费尽心机相邀了几位棋手，到柳树下对局，期望能唤起国手的关注。棋癫子盘坐弈者身旁，脸上似笑非笑，慢条斯理每隔个把小时投下一粒石子，一连三日，依然如故。官员终于泄气，叹息道，国手确实疯了。

国手看中刘白，很难说是因为疯癫，还是独具慧眼，按传记的惯例，从结果推导原因，那自然是独具慧眼。这之间总有一种缘分吧。刘白对棋癫子的兴趣是从那次文学座谈会上萌发的，当时他们正儿八经地讨论世上哪类人最具文学性。有人说女人，有人说当然是作家，刘白信口说是疯子，刘白的高论淹没在一片聒噪之中，并未引起别人的重视，倒是他自己心血来潮马上产生写写疯子的冲动。他在脑子里搜罗疯子的形象，倏忽间棋癫子的形象极鲜明地从脑海深处闪现出来，盘坐在记忆的中央，使他兴奋不已，不得不溜出来，三步两步赶到广场，面棋癫子而坐，朝圣似的观察起棋癫子的举动来。

刘白以前也耳闻过棋癫子的事略，但他不会下棋，也就没有多加关心。现在，棋癫子是作为一个疯子才引起刘白兴趣的。棋癫子盘坐眼前，刘白不知怎样才能接近他，棋癫子的形象无形中有一股排斥力在拒绝他前去聊聊。这是三月。老柳树在阳光下爆着鹅黄，似乎还知道春天的到来，棋癫子静坐树下，闭目沉思，脸上似笑非笑，如一尊深不可测的佛。渐渐地刘白心中有种异样的感触，觉着棋癫子并非疯子。天下哪有这般斯文恬静又深不可测的疯子？刘白想到疑处，就恶作剧起来，随手抓起一颗石子，朝棋癫子投去，不偏不倚正中鼻尖。不料棋癫子却浑无知觉，石子掉落面前的石阵里，棋癫子拿双指夹起轻轻放回另一只手心，好像石子是从手心里掉落下去的。刘白觉得这个细节妙不可言，同时被某种神秘的东西所笼罩，心里生出歉疚，便相当虔诚地上前道歉说，请大师原谅，刚才我故意拿石子打您，真对不起。被刘白称作大师的棋癫子良久才有所反应，抬眼注视刘白，忽地笑容满面，不胜欣喜道，就是你，我等你很久了，你等一下。说着起身离去。刘白莫名其妙地目视棋癫子步履迟缓地穿过广场，发现棋癫子个子不高，身体微胖，有点老态，似乎并无奇异之处，不一会儿就消失在颜色斑驳的人群之中了。刘白不知棋癫子去干什么，一时茫然失措，思忖着该不该等他回来。路人来来往往，发觉刘白取代棋癫子的位置，都诧异地拿眼觑他，让他很不好意思，干脆埋下头去关注棋癫子摆的石子。刘白不懂这是棋谱，只觉得石子排列有致，绵绵延延，似断若连，有一种难以言说的美感。那石谱隐隐透着一种气息，使他沉静下来，不再在乎路人的目光，心平气和等棋癫子回来。

棋癫子故意考验他似的，偏偏迟迟不归，刘白想毕竟是疯子，大概不会回来了，想走又不甘心，万一他回来岂不可惜。正想着，棋癫子却从背后钻了出来，手里端着棋盒，分明很高兴，刘白以为找他下棋，正要说不会，棋癫子却先开口了，庄重道，送你的。刘白赶紧推辞，说自己不会下棋，不敢当。不想棋癫子听了很开心，说笑话笑话，哪有棋王不会下棋的？刘白疑惑道，你认错人了吧？我真不会下棋。棋癫子正色道，你就别推辞了！不瞒你说，这是重托，人人知道这棋是祖传的，当今天下，除了你有资格执这棋子，还有谁？就受了吧。刘白知道国手祖传的棋具早已被抢，棋癫子手里不可能是传家之物，这才明白是疯言，但看棋癫子执意要送，拗不过只好受了。再三道谢之后，逃也似的离开棋癫子，心里咕噜着真是个疯子，他大概把我当成吴清源了。

那天刘白上班远远见棋癫子凝坐树下，想他郑重赠棋与他觉着有趣，就兴致勃勃上前招呼，棋癫子却是不理，脸上似笑非笑好像彻底忘了曾经赠棋与他那回事。刘白想着好端端的一个国手就这么发疯，心下落了点悲怆，下班干脆绕道而行。回家见棋子散乱桌上，小心装进棋盒问，这是云子吗？

雁南说是。

刘白沉默一会儿说，在棋癫子心里，这不是云子，这是他祖传的天下第一棋子。因为是疯子，更要尊重，以后我们好好替他保藏。

刘白就这样与围棋结缘，有点不合逻辑，是吧？

三

刘白的棋龄跟他的孩子同龄，学棋那年已年届三十，这在棋界是少有的。一般棋士早在五六岁就开始学棋。当然也有例外，像日本的某某某某九段学棋的年龄就与刘白差不多。三十而立，这是个忙碌的年头，又要当丈夫，又要当父亲，又要干一些为了"而立"的事业，照理是无暇他顾的。刘白是个不怎么出名的作家——倒也不见得他缺乏应有的才气，大家都知道山上的小树和山下的大树的道理，如果他不是迷恋围棋而舍弃写作，日后时来运转名重文坛也未可知。不管怎么说，能在这种年头放弃刚刚起步的一切而专事通常属于消闲的围棋，实在是叫人惊异的，足见其人秉性与众不同，对这种人很难下结论，也无必要。

刘白确实是个围棋坯子，棋艺的长进令雁南瞠目，棋瘾也日重一日，下棋的兴趣很快超过了写作，逮空就逼着雁南陪他下棋。有时下着下着，孩子闹了，雁南去哄孩子，自己也不觉就睡了，刘白久等不见出来，进去强行将她从床上拉起，说下棋呢。雁南咕哝着困死了不下。不行！刘白不由分说将雁南抱到棋枰前，坐好，说轮到你下。雁南睡眼蒙眬哈欠连连抓着棋子就投，刘白斥道，认真点！接着恭恭敬敬递上茶水，要雁南喝下清清脑子。雁南苦着脸说真困死了，明天再下吧。刘白说下起来就不困，明天你睡懒觉，孩子我带。雁南犟不过，只好认真思索起来，刘白看雁南认真对付了，心里畅快，点上一支烟，旋即开门出去小便，回来胸有成竹地应上一着，倾着身子等候雁南落子。这样几个回合，刘白又点烟出去小便，雁南说你怎么搞的，再走来走去，我不下啦！刘白急道，别别别，你知道我一思考，就要小便，不小便，没有灵感。

小便频繁，原是刘白写作时的习惯，只要拿出稿纸，就得先去小便，回来唰唰唰写几行，又去，而且一定要到户外，即便房间里厕所现成也不例外。好像他思考的器官不是脑袋，而是肾脏。他所有的作品都在来来回回的小便之中完成，这种时候，他走路不带声响，仿佛足不着地，飘来飘去。这习惯，甚至就是写作过程本身。如今下棋却完完全全重复了写作所独有的习惯，这使刘白自己很惊讶，并伴有一种莫大的满足感。据说吴清源也有这种习惯。其实这不难理解，一个人过分专注或者紧张的时候，通常就会尿频或者尿急，我们都有考试尿急的体验。这种习惯于写作无伤大雅，但下围棋是两人对垒，频繁地走动，很容易引起对方的不快，往往要事先声明。

刘白战败雁南的日子是一年后的六月二日，这天正好是他生日，算起来离他学棋的时间也一年多了。这盘棋是雁南精心创作送给刘白的生日礼物，虽算不得珍品，但棋谱刘白一直珍藏着。这也是刘白棋艺猛进的一个标志。雁南为人极看重人家的生日，他们恋爱也是从祝贺生日开始的。一个月前，雁南就唠叨着刘白的生日该怎么过，刘白说好好下盘棋吧，雁南说好，也蛮别致。六月二日这日子，是梅雨季节的一天，梅雨绵绵是难免的。早上雁南醒来，刘白还在睡觉，侧身，弓着身子，表情酣甜，雁南想起三十年前刘白在母亲腹中也是这个姿势，就觉得很有趣。悄悄退出卧室，盥洗完毕，抱了孩子撑了雨伞兴冲冲上街。因为是雨天，人们大多还在做一年将尽的春梦。街上很少行人。雁南将孩子送到保姆家，保姆刚在准备早餐，见雁南这么早送孩子来，有点迷惑，雁南说，今天我有急事，就早送来了，孩子还未吃饭，麻烦你喂他些。

雁南又赶到菜场，买了酒菜，回家刘白还在睡觉，他是很会睡懒觉的，雁南并不去叫醒他，去客厅泡了茶，摆了棋盘静候。雁南想，去年自己无聊教他下棋，他还真行，现在差不多可以匹敌了，围棋是智者的玩物，他进步那么快，当然再次证明他是智者。雁南想到得意处，竟独自笑了，此刻她不会想到日后却会为他下棋而烦恼。不多时，刘白披了衣服出来，嘴里含含糊糊地嘀咕着可惜可惜。雁南说又梦见输棋啦？刘白说没有，一眼看见雁南早摆了棋盘等他，喜道，嘿嘿，这盘棋我提前下了，刚点目，发现优势明显，一高兴就醒了。说着脸也不洗，就坐到棋盘前，梦里你执黑，下吧。

雁南说，梦里我第一手下哪里？

刘白做回忆状想了一会儿说，全忘了，我一想反而全忘了。

好，要不你脑子里有两盘棋准输。

这盘棋从上午到下午，两人都不吃中饭，一气呵成。雁南棋风细腻含蓄，又暗藏杀机，女性和棋士的形象跃然盘上，下到得意处，手里搓着棋子，摇头晃脑说，不行了吧？我倒希望你赢。刘白眼看技穷，却不服输，说高兴太早了吧。果然一轻松灵感就来，连发令人叫绝的妙着，雁南便又击节赞叹名师出高徒，了不起，但要扳倒师傅，还不到火候。因为认真，不时有所创造，雁南一直自我感觉良好，盘面上白方死子明显比黑方多，粗看确乎黑优，但不知不觉黑棋竟贴不出目，下到242手，刘白见胜势已不可动摇，站起来就跑，冒雨跑到街上，一时想不出新奇的方式庆贺，不管自己会不会喝酒，也按传统的方式拎一瓶酒气喘吁吁跑回来，手舞足蹈大叫我赢了，赢了。雁南见他得意忘形，笑道，傻瓜，酒我早准备好啦。雁南由于感觉好，充分证明着刘白取胜的必然，比自家赢了棋还要快活，边吃边喝边夸刘白棋感好，不争寸土，有大将之风。

刘白说，原来你也不过如此尔尔。

那是你聪明，笨蛋，你赢了我，在城内大概就无人匹敌了。

无人匹敌啦？

不信，你自己去试试看。

那我真像棋癫子说的是棋王了。

在这种地方称王算什么。

那也是王，大小而已。

雁南出身围棋世家，当年她父亲也算一代名手，在江南一带颇有名气。雁南少年时进过国家女子围棋队，还在全国性大赛中获过名次，后来过早陷入情网中途而废，才很伤心地回到故里。所以说话口气大，压根不把这种地方放在眼里，说有机会让你见识见识专业棋手的风采。

恐怕还不是他们的对手。

那当然，等你进步了，可以去找表兄下几盘指导棋。

雁南的表兄就是目前活跃棋坛的马九段，棋艺与棋圣聂卫平不差上下，行棋轻灵飘逸，如行云流水，算路又非常精确，很善于把握瞬间的机会，正如日中天耀人眼目。刘白听说找表兄下，摇头说，虽然是亲戚，我还是不敢找他下。

没关系的，我们是师兄妹，小时候天天一起下棋，他的棋越下越空灵，可小时候他棋风很健，是个杀手，而我绵里藏针，我们有输有赢。因为他比我大一岁，很不服气。我父亲挺宠他的，说他将来是个好棋手。他确实很会想，下棋的时候，双手托着下巴，眼睛看着天花板，从不看棋盘，一想就是个把小时，现在也还这样，弄得我很烦。父亲看见他这个样子，就夸他有棋士风度。父亲真是个棋迷，棋瘾发作，又找不到对手，就拉我和表兄下让子棋，下完复盘，指指点点不厌其烦，我们就是这样学起来的，我好像跟你讲过了。

嗯，要是父亲还在就好了，我们天天下棋。

那他不知道有多高兴呢。

四

小城时常要举办围棋赛，刘白也去参加，不无紧张地坐在赛场里，全神贯注下每一着棋，令人遗憾的是对手很不禁打，到中盘就不行了，但对手并不知道已经无可挽回地失败，依然顽强地下一些无理棋以争胜负，因此后半盘刘白毫无例外都是陪下，有点大炮打蚊子的味道。果然如雁南所言，他在小城已无人匹敌。这使他很没趣，参赛不过是聊以解瘾而已。对他来说，留下深刻印象的倒不是比赛，而是赛场。小城的棋赛不像国际性大赛那样严肃，是允许闲人观战的，十几张棋桌一溜儿排开，观战者往往把棋手严严密密地围在里面，致使棋手不知道左右还有棋赛。刘白是需要走动的棋手，这给他带来一些麻烦，得从人缝间钻来钻去。观战者虽众，但赛场却是静默的，谁也不敢开口说话，发现疑问手或者妙手，也只是努努嘴互相示意。观棋不语，小城的棋迷是很有君子之风的。棋手能听见的只是计时钟催命似的嘀嗒声。赛事完后是很热闹的，棋手们复盘商讨得失，这时观战者也七嘴八舌加入进来。因为刘白是常胜将军，他的发言有权威性，遇到争执不下每每请教于他，他也一点都不谦虚，加上声音洪亮，个子矮小，外围的人就只闻其声，不见其人。刘白讲着讲着就脱离棋盘，漫无边际地阔论起棋道来，斥责比赛其实有悖于棋道，计时钟更是不合理的存在，有了计时钟，我们就无从体会山中方七日世上已千年的真味了。围棋类似于宗教，有一种出世感，是一门纯粹的艺术，是一种时空的存在。一盘棋从起始到终盘，全都是气，气分阴阳，彼此互相消长，始则微弱，继而繁复，轻重缓急，错错落落，气象万千，最后气都化为实地，一盘棋戛然而止，分出胜负是自然而然的结果。我们不应该只看结果，结果不就是胜负？有什么意思。一盘棋应该是一首和谐的即兴的二重奏，有音乐的节奏美和建筑的结构美，我们应该体味的就是其中的节奏和结构，一着棋如果表现出某种美，就必有力量，美就是力量，就是个性。现在棋坛只看胜负，不重艺术，只有棋艺，没有棋道，还和名利挂钩，不断鼓励棋手争胜负，把围棋作为一项竞技项目，棋坛是热闹了，棋道却失落了，这是围棋艺术的悲哀。我们业余棋手棋艺虽不如专业棋士，但我们不靠此吃饭，我们下棋是为下棋而下棋，专业棋士却不得不作为生存的手段，这是我们的幸运。刘白语气是亢奋激越的，也是坦诚有感而发的，虽然狂妄，却句句说到棋迷心里去，没有哗众取宠之嫌，使他更加受人尊敬，觉着此人不只棋下得好，说得也头头是道，大有来源。有人问他棋是跟谁学的，刘白不加掩饰道，跟老婆学的。众人于是取笑说，怪不得这么厉害，原来阴阳合璧。

刘白本是作家，论棋侧重艺术是顺理成章的事。他明知计时钟是竞技用的，跟艺术无关，还要抨击，显示了他的苛求。相比之下，他的棋道比棋艺确实要成熟早些，早在跟雁南下让子棋时，就能捕捉到专业棋手也很难捕捉的棋道的一些影子，这是天赋。后来他棋艺渐臻成熟，才发现棋道和棋艺不可分，难得有业余棋手对棋道的领悟高于专业棋士的。规则是外在的，只要你心里没有胜负，即便比赛，也就没有胜负，想起自己曾经于稠人广众之中，高谈阔论华而不实的棋道，很是羞愧。智者无言，当时刘白对棋道的理解还一知半解。这是后话。那时候刘白有点高处不胜寒的孤独，但高处也有高处的好处，外面来了强手，大家自然就会想到他。某日，一群棋迷兴致勃勃蹿进家来，匆匆忙忙拉他起床说，快走。刘白还在梦里，昏头昏脑也就跟着走。雁南说，什么事这么急？棋迷们这才注意到刘白还有个老婆，回头看她，发觉雁南长得漂亮，也就不急了，停下说，下棋呢，有个专业五段等他下棋。刘白听说是专业五段，来了劲说，好。

好。有这种劲头，准赢。

刘白说，走，下了再说。

雁南像教练临战前指导说，对专业棋手要智取。

刘白说，你也一起去。

雁南说，我还要带孩子。你去吧。

刘白和五段对局是棋迷们自发筹办的，安排在一间僻静的茶馆里。刘白走进茶馆的时候，五段已经被另一群棋迷请到了，坐在一个角落里戴了耳机听音乐。见一大群人簇拥着一个人进来，叫叫嚷嚷说，这就是刘白，这就是刘白，五段就卸了耳机过来握手，说你好，我来这里串亲戚，很想见识当地的棋艺，听说你很好，请多关照。刘白看那五段，原来是个少年，身体尚未发育完全，脸上满是稚气，讲话却彬彬有礼像个成人，觉着有点滑稽，说原来你这么年轻，真没想到。

五段说，我是国家少年队的。

刘白说，好，好。

棋迷搬上棋具，选了靠窗的一处，请他们开始。五段说，你先吧。

刘白说，还是猜先吧。

五段看一个无名的业余棋手要与专业棋士猜先，稚气的脸上有些不悦，胡乱抓了一把棋子伸到刘白的眼前，刘白说单，结果五段执黑先行，五段捏了一粒黑子，想也不想放了一个星位。

这是地方队对国家队的一次比赛，棋迷们要好好研究研究，又纷纷搬出棋具，跟着五段在星位上放了一颗黑子，然后等候刘白落子。

刘白脑子里一片空白，他对五段一无所知，第一手落子就艰难，眼睛注视着棋盘，只有一颗黑子气势昂扬地占着星位，五分钟过去了，刘白还是不肯落子。第一手就长考把对局的气氛搞得很沉闷，棋迷们窃窃道，第一手有什么好想的。五段也有点烦躁，戴了耳机听音乐。又五分钟过去，刘白也占了一个星位。

接下去落子轻快，战斗先从左上角开始，白14挂黑15托之后，刘白明知征子不利，却明知故犯扳了一手，五段马上说，征子不利。五段的意思是让刘白重下，刘白却固执地说知道，五段见刘白这么不识好歹，孩子气就爆发了，故意落子很重地扭断白棋，又戴了耳机嘣嚓嘣嚓地听音乐。刘白也不在乎五段的不逊，只是笑笑，抓起白子毫不思索便长，黑19抢打，白20立下，黑21跟着立下，白22拐，黑23长，这样白三子成为黑棋的瓮中之鳖，这是大家知道的，会下棋的都不会这样下。

棋迷们摆到这里，纷然道崩溃了白输了结束了，一副失望甚至伤心状，他们确实指望刘白能赢，好长当地志气，谁想到刘白这么不争气，简直不懂常识，输得这么混账，刘白不羞他们还脸红呢。这时刘白起身思考，有几个紧跟了出来，指责道，怎么能这样下！刘白诡秘地笑笑，没有回答。回来放置左上角不走，去右上角扳了一手，进行至白38，刘白埋头长考，来回苦思了好几次，棋迷们听见茶馆外面索索作响，哄道，这手有什么好想的，立下吃角成空。他们通常是观棋不语的，这回实在忍无可忍了，看刘白走来走去真想把他的小东西割掉。五段忽然关了耳机问，他是你们当地最好的棋手？大家被五段这样提问，都感到受了侮辱，但又毫无办法，只好互相解嘲。等刘白回来，就把窝囊气发在他身上，不客气地催促道，立下，有什么好想的！刘白好像有意要激怒棋迷，又思考许久，脱离定式出乎意料地跳了一手。见了活鬼，长考那么长时间走这么一步臭棋！有人愤愤大叫，有人觉得惨不忍睹干脆默默离开，有人索性抹了研究用的棋谱，以示罢看。五段见刘白那么专心致志走一着臭棋，也觉着很逗，笑道，这种创新精神还是值得鼓励的。说着理所当然托靠取角，你不要我要。白棋扳出先手拔去一子，然后回到左上角爬出三子，这下境界全出了。棋迷们见白棋左右联络，起先征子有利的几个黑子反而成为白棋的囊中之物，大悟道，原来如此。大家便愧疚地看着刘白，讨他原谅，又幸灾乐祸地看着五段出洋相。原来有这等佳构，五段也大吃了一惊，现在判断形势，白子熠熠生辉，黑棋明显落入圈套。五段大概很后悔自己的轻狂，堂堂五段这样败给业余棋手面子怎么搁下？五段脖子变粗了，脸涨红了，到底是少年，慌乱中不够冷静地下了一着莫名其妙的棋。

刘白毕竟是业余棋手，算路没有专业棋士那么精确、熟练，看见五段下了着新手，一时摸不着头脑，又要长考。棋迷们都屏声静气耐心等候刘白的下一手。五段对自己这手棋心里大概很忐忑，刘白长考对他无疑是种折磨。面对刘白的空位，五段手里惶惶地搓着棋子，看刘白怡然出去又怡然回来，终于怒不可遏，猛地一把掀翻棋盘，吼道，你下棋还是散步！刘白惊愕间，正要解释，五段却排开众人，独自走了。

这盘棋就这样不欢而散，棋迷们除了说说五段小孩子脾气外，也没有办法。

刘白回家哭笑不得道，真扫兴。

雁南说，输了吧？

不是，大概是我走来走去，他以为故意怠慢，说你下棋还是散步，就掀了棋盘走了。

你没有先跟他讲一下你的怪癖？

今天我只想着下棋，忘了说。

这也难怪人家呢。

是呀，是呀，只是我棋兴未尽，这盘棋蛮精彩呢，五段真不够意思，我们一起下完它吧。不行，我正等你回家看孩子，我得出去买几件衣服。

下完棋再买嘛。

不行，衣服都尿湿了，现在就没得穿，我走了，醒来泡奶粉给他吃。

刘白蹑手蹑脚观察一下孩子，见孩子睡着，做一个鬼脸，就兴致盎然去复盘，实在意犹未尽，五段真他妈让人恼火，他几乎想出去拉五段非下完这盘不可。摆到五段掀盘前的一着，刘白又继续长考起来，仿佛五段就坐他对面等他落子，想了半天，点点头又摇摇头自言自语说，这着好像无理，但也未必，专业棋士一般不会下无理棋，貌似无理，说不定是妙着。这时孩子哭了，声音尖尖的很刺耳，可是刘白没有听见，过了一会儿，孩子还在哭着，并且提高音量，嘶哑了嗓子，刘白还是没有听见。身子俯棋盘前，恍恍惚惚如临三界，自言自语，这着真玄，有机会碰见五段，一定请教一下。

雁南回来远远地听见孩子哭闹，跑了进去，即刻大叫，刘白，你怎么搞的！刘白仿佛听见雁南叫他，低低"哦"了一声，雁南又恼怒大叫，该死的，你怎么照顾孩子？你进来看看。刘白惊道，孩子醒啦？跑进去一看，傻了眼，孩子斜卧床上浑身上下沾满了黏糊糊的粪便。雁南喊道，还不快打水！忙乱一阵，孩子擦了身子，趴雁南怀里就安静了，雁南心疼不已地"宝宝宝宝"了一会儿，抬头训刘白道，孩子哭了那么久，你怎么不管？

刘白道，没听见。

你是聋子？

那倒不是，真的没听见。

你就在外间，怎么会听不见？

我也不知道，确实没听见。

你一下棋，就像死人。

嗯，嗯。刘白惶惶应着。

你这样看孩子，我必须惩罚你。雁南想了想说，以后再也不跟你下棋了。

五

刘白说，你真不跟我下棋啦？

当然。雁南突然觉得不该再怂恿刘白下棋了，也许自己本来就不该教他下棋，现在他除了下棋，还是下棋，都已经一年多没有动笔了，简直玩物丧志。你也该写写东西了。

有棋下，还写什么东西？

你不是专业棋手，怎么能天天下棋？

那才是真正的下棋，下吧。说着刘白搬了棋具，把棋子塞进雁南手里，恳求道，下吧，下吧。

不下，你真的应该写写东西了。

下吧。写作有什么好，远远不如下棋。

刘白看雁南还是不下，又雄辩说，你不知道下棋确实比写作好，你想棋子本身没有生命，每一手棋灌注的都是棋手的生命，而文学不一样，文字本身就是活的，每个字都有几千年的历史，你动用它的时候，它也在动用你，实际上谁也无法真正驾驭文字，所谓语言大师，也常常似是而非，反而被文字操纵。再说写作是很孤独的事情，人往往被文字弄得怪诞，你看哪个作家是正常的？而下棋是二重奏，是两个人心灵的沟通，使人变得平易、沉静。下吧。

不管你怎么说，我就是不下。下棋必须棋逢对手，我不跟你下，你就没有对手了，看你怎么沟通。以后你不写作，就帮我干家务带孩子吧。

唉，你这个人真牛。

我就是这样，还是老老实实给我写作吧。

不。我不下棋心里就没着落，没心思写作，你真不跟我下，我去找表兄下，他比你厉害多啦。

那当然，可惜你又下不过他。

数日后刘白真要去找表兄下棋，雁南阻挡不住，顺水推舟说，真要去，就去吧，顺便可以看看老同学，你要是赢了表兄，以后就专门下棋吧。刘白说好。其实刘白尚不敢想要赢表兄，不过想见识见识大名人的神韵而已，要不是他跟雁南有那么亲密的关系，他是绝对不敢找马九段下棋的。

刘白到了北京后，却突然害怕见到表兄了。虽然是亲戚，他们却素未谋面，只是互相知道而已，表兄他在电视上见过，是个瘦瘦的小伙子，留一头长发，样子倒没什么威严，但就这样突如其来蹿进去找他下棋，是不是太唐突？棋艺是不分亲疏的。

好在马九段生肝炎住院了，这棋也就不可能下了。刘白反而感到一阵轻松，上街买了一些慰问品，去医院探望表兄，只见他无聊地躺在床上挂盐水，穿了件格子病服，脸色蜡黄，眼珠子也蜡黄，因为浮肿，看上去胖了不少。见人进来，睁了睁眼，发觉不熟，又无精打采地闭上。刘白看他这副模样，暗藏的畏惧心理一扫而光，马九段现在不过是个需要同情的病号。

刘白说，马九段，我来看你，我是雁南的先生，应该叫你表兄。

马九段听来人叫他表兄，从床上坐起，喜道，哦，你就是刘白？可惜我们在这里见面，当心传染。

不能握手，隔一段距离互相寒暄，雁南好吧好谁谁好吧好谁谁谁好吧都好，问完了，马九段说，你来北京出差？

不是，我特意来找你下棋。

马九段只当是玩笑，笑道，你也喜欢下棋？

是的。

真可惜，下次我们一定下一盘，日本很多作家也都下棋，而且棋艺不低。

是的。

雁南还经常下棋吧？

偶尔也下。

当地没有对手吧？她下棋天赋很好，可惜半途而废，小时候她经常赢我。

又说了许多。病人说话欲特别强，马九段也如此。刘白怕他体力不支，贻误静养，尽管意犹未尽，也只得早早告辞，祝他早日康复重返赛场，电视里见。

刘白走在街上，想着要不要去看看老同学，自己原是为下棋而来，并未想过探望他们，现在棋下不成了，去探望，不见得有兴，还是回去吧。

刘白上了至杭州的火车，刚安顿下身子，棋瘾就爬上来了。一节一节车厢去找，看是否有人下围棋，来来回回看见的只是打牌下象棋喝酒睡觉吃零食，就是没人下围棋，很扫兴，回到座位上一靠，就睡了。一觉醒来，太阳好像已从另一边升起，透过窗子，惺忪地瞅着大片大片掠过的原野和静止不动的天空，渐渐地脑子里明晰出一个棋盘，棋子像黄昏的星辰慢慢地露出端倪，大概这就是神游局内了，兀地一种灵感阔大地冉冉上升，顿觉自己进入一种新的境界。原来这趟北京没有白来，虽然不曾对局，和表兄见见面也熏陶了一遍，自己的棋艺已经焕然一新，差不多和表兄立在同一境界了。待睁眼想明确地留住这一意念，却从眼皮之间消失了，刘白有一种坠落的感觉。

很久没吃东西了，胃有点疼，刘白起身去餐车找吃的，走过两节车厢，意外地看见有人下围棋，刘白站在过道里，就不动了。这件逸事，两年后郑虹六段在报上回忆说，当时他们一班人南下参加一个邀请赛，在车上对局的是张文东和陈临新两人，快到南京的时候，不知哪里钻出一个人来，站在过道里很专注地看他们下棋，那人个子短小，脑袋也不特别大，但眼睛炯然有神，显然是个聪明又不引人注目的人物。有人观棋是平常事，他们只把他当作一个棋瘾很重水平不高的棋迷，并未引起注意。那人大概技痒，看他们下完，就夸他们棋艺了得，说我们也来一盘吧，他们两人都想休息一下，又不好意思推却，就建议我跟他练练，我点点头，那人就很兴奋，指着对面座位说，请挤一点，他们挪了挪，也只能挤出一点空，那人就半爿屁股坐在坐垫上，半爿屁股放在过道里，不断让行人擦来擦去。当时我们只是暗笑，不敢披露专业棋手的身份，怕吓跑他，真没想到他棋艺居然那么好，思路阔大悠远得让人难以想象，张文东他们都看傻了，很遗憾才下到中盘，车就到杭州了，我们不得不收枰下车，出了月台，正想探问他的来路，那人却不见了。

刘白懵里懵懂跟他们下车，脑子里想的还是下一手，出了月台，猛记起包裹还搁车上，急急忙忙跑回去拿，早有贪小便宜者替他拿走了。刘白想丢就丢了，反正也不贵重，就是几件衣服和一些日用品，有棋下，丢个包裹算什么。三五步奔出月台，四下寻找郑虹他们，哪里还有？刘白叹道，为了一个破包裹，把对手丢了，真不值得。垂头丧气走到街上，需要钱用，摸摸口袋，那一点钱也不翼而飞了。这下倒霉了，没有钱怎么回家？刘白猴急着搜遍口袋，结果一无所获，更加沮丧，偏偏这时胃也凑热闹似的疼痛起来，逼得刘白用手去按。既已如此，也只好先找个地方休息吧。刘白回到候车厅，寻个座位坐下，反反复复按摩胃部，额上竟出了些虚汗。又坐了些时，刘白才想起可以求人援助，一下乐了，胃就不疼了。杭州他有不少文友，男男女女总有一打，找谁都可以。那么让谁慷慨解囊当一回义士，他就必须有所选择了，男人没意思，讲起自己的窘况准被嘲笑一顿，当然要找女人，回去也好让雁南吃点醋，可惜会写作的女人都难看，相比之下还是瘦竹的样子有点意思。她在一所大学教书。刘白看咨询台那边有电话，就去查阅电话号码，守台的忽然说，市内打一次五角。刘白心悸一下，查了号码默记心里就走，刘白听见背后守台的骂他小气。五角哪里有，找枚五分的吧。刘白漫不经心地在候车厅踱来踱去，终于眼前一亮，一枚五分硬币银亮地躺在那里不动，刘白一步跨上踩牢，手煞有介事伸进口袋，提起半张废纸让它从口袋边沿朝脚下滑去，然后自自然然猫腰拾起，重新塞回口袋，然后悠然自得步出候车厅。

找到公共电话间，刘白独自玩赏了一会儿那枚得之不易的硬币，才慎重地投进去，像下棋下一粒白子。电话立即通了，瘦竹在那边问，喂，谁呀？我是刘白。刘白呀，你在哪里？我在车站。快来吧，我在校门口等你。刘白正要说自己非常需要她来车站接，电话却捣乱似的断了。

去瘦竹那里，要换两班车。刘白硬着头皮挤进公共汽车，胸部里面有个东西老是颤颤的，眼珠子从乘客的肩膀间透过去，一直严密地监视着售票员。一路总算有惊无险，车一到站，逃亡似的跳下车门，松一口气，不料忽然有人拍他袖子，喂，你的票！

刘白抬头看边上立着两个红袖章，吓得起一身鸡皮疙瘩，见前面有个厕所，急中生智，说我急死了，你等一下，跑进厕所蹲下，约莫过了方便五回的工夫，刘白才从厕所里一闪出来，拼命就跑，惹得路人反而注意起他来，掉头看背后并无红袖章追来，才气咻咻停下喘息。

刘白无论如何也不敢再乘公共汽车了，简直使人精神分裂，还是发扬愚公精神步行过去轻快些。刘白赶到校门口时间已过七点，离他跟瘦竹通话的时间约有四个小时了。刘白在校门口东寻西看，不见瘦竹等他，很是奇怪，进传达室问她办公地点，说早下班了，现在都七点多了。刘白才如梦方醒，有苦难言，晚上完了，现在到哪里去找寄身之所？他平时生活马虎，连自家的门号都不知道，哪里会记人家的住址？杭城朋友虽多，但现在都下班了，竭力在脑海里搜索他们的住址，想了半天，半个也没想起来，反而弄得心力交瘁，气得面对大街破口大骂：钱真是混账东西！

这一夜刘白只好露宿街头。

六

刘白说，你猜我那夜怎么过？饥寒交迫，胃疼得难受，只好找了一支粉笔，在校门口画个大棋盘，画谱自博。围棋真是好东西，能使人废寝忘食，面对绝望，棋手最好的解脱方式就是下棋。画着画着，胃就不疼了，饿感也不存在了。一盘棋画完，瘦竹就上班了，小心翼翼问我是不是就是刘白。

雁南说，她准以为你是个疯子。

是这样。刘白突然一拍大腿，啊，我理解棋癫子了，他不是疯子。

我也觉得不像个疯子。

明天去看看。

刘白一夜无心睡觉，窗帘微微泛白，就匆匆赶往广场，于薄明中见棋癫子遥坐树下，尚未开局。隔一点距离，盘腿面他而坐，摆出要与他对局的架势。棋癫子看也不看刘白，手指间夹一粒石子悬在面前，看来就要落子了，迟迟却不落下。耳旁传来鸟噪，刘白仰头看去，见是一群麻雀在柳叶间跳来跳去。忽然那上面即将逝去的夜空吸引了他，星子一粒一粒淡淡地隐退，刘白想起天作棋盘星作子那半句对子，觉得天确实像个棋盘，棋盘渐渐地透亮，深蓝得一无所有。

太阳从东边屋群的空隙处升起，一抹紫红的光线照射过来，映得棋癫子仿佛一团凝固的紫色。他终于无声息地落下一粒石子。地上并无棋盘，也就是四方的一块空地。棋癫子的棋盘就在心里。刘白凝视空地上的那粒石子，茫然不知石子落在何处。待空地上落子渐多，摆出某种模样和阵势，刘白才感觉到棋盘从地上隐现出来，石子落在棋盘上，看得分明又无法穷究。刘白如同进入宇宙，陷入浩渺的惊叹之中。

路人发觉老柳树下又多了一个人，重新勾起了兴致，都驻足探问。刘白并不作答，任他们发着各式各样的议论。有几位熟悉的却一个劲儿追着问，刘白，你干什么？

刘白移过身子说，还能干什么？

跟他下棋？

看看。

有什么好看？

妙极了，你也看看。

熟人看看又看看，说看不懂，实在没什么可看，刘白看他们扫兴，也就不再勉强。

中午雁南见刘白没有回来，吃了饭，也来广场看个究竟。这是夏天，广场一片白光，老柳树被晒得蔫枯，行人都躲在阳伞下或草帽下疾走。刘白依然蹲那里，样子像一只烫熟的虾，脸上滚着热汗。雁南说，看出名堂没有？

刘白很激动地点头。

还是回去吧，看你热的。

还行。你看他，一点汗没有，心静体自凉。

雁南细看棋癫子，果然无汗，觉得不可思议，说真玄。

是玄，他的棋更玄，回去我把谱记下来慢慢研究，这是围棋史上的奇迹。

我们这样说话，会不会影响他的思路？

不会吧。早上不断有人打搅，我说了不少话，不见他有反应。

太热了，太阳真辣，我都站不住了，我看你还是等秋天再看吧，这样曝晒要中暑的。

不行，晒死了也要看，其实也不热，就是汗多点。

路上我听见有人议论纷纷，说老柳树风水好，又多了一个疯子。

我也听见了。

我去给你弄点吃的，给他也带一点吧。

不要，不能破坏他的习惯，以免发生意外。

伞给你。

不要，我也锻炼锻炼。

这年夏天，刘白在广场上度过。因为地面太烫，他一直蹲着观棋，没有练就像棋癫子那样席地而坐的功夫，脸晒得黑红，肉瘦了一圈，但是没有中暑。太阳能使草木枯蔫，大地干裂，却晒不倒一个刘白，这也是令人费解的。大概脑子清静，也就水火不入。疯子都生活在季节之外，夏穿棉袄，冬着单衣，时常可以见到。这期间发生了一件趣事，刘白的母亲从乡下赶到广场，见儿子果然曝晒着看人玩石子，顿时号啕大哭。刘白说，妈，你怎么啦？刘母说，白儿，你这是怎么啦？三伏天在这里晒着？我听大家说你疯了，好端端的你怎么就疯了，我就你一个儿子呀。刘白说，我干事情，我哪里疯了。刘母说，你真的没疯吗，让妈考考你，你还记不记得你三岁时在地上抓鸡屎吃？……这则笑话，后来随《沧桑谱》在棋界广为流传。太阳轰轰烈烈烤了刘白三个月，没烤倒刘白，只好收起了炎威。秋风起了，然而意外也发生了，棋癫子不见了。这是九月八日，令棋界伤感的一个日子，《沧桑谱》因此不得不画上句号。

事先没有任何迹象表明棋癫子要在这天消失。那日清晨，刘白一如既往走到广场，见树下空空荡荡，说奇怪，他今天怎么迟啦？也不着急，蹲到老位置上静候，他已习惯于蹲着。这是个好日子，风凉而不寒，天空高远得令人神往，刘白默默地赞美着天气。广场上渐有人活动，一些老人疏朗地排列各处练太极拳，轻柔曼舞，飘然欲仙。太阳升到广场上空，四围熙熙攘攘，人声嘈杂。棋癫子还是没有来。刘白这才意识到他今天不会来了，他突然觉得烦躁，心中有种不祥的预兆，要去找他，又发觉自己并不知道他的住处，甚至不知道他来去的方向。那就只好漫无目标满城去找。刘白逢人就问看见棋癫子没有？不是坐老柳树下？不见了。那就不见了。再问他住处。谁也不曾注意他的住处，好像他根本不需要有个住处。刘白找到天黑，只觉着渺茫，心里陡然产生虚幻感，觉得棋癫子并不曾真实地存在过，自己整整一个夏季蹲树下观棋只是一场梦。

刘白疲乏地回家，伤心道，棋癫子不见了。

怎么不见啦？

就这样不见了。我找他一天，哪里都跑遍一点踪影也没有。

雁南凝思一会儿说，这之前有没有反常现象？

没有。

你有没有打搅他。

没有。我没有打搅他，从来没有跟他说过话，也不敢。谁也没有打搅过他。

他是不是讨厌你观棋，躲起来啦？

不对呀，要是这样，我观棋的第二天就该躲了，干吗过了那么久才躲？我有种不祥的预兆，怕他是死了。

我也这样想。

不管怎样，我们都得找到他。

刘白和雁南发动所有的熟人，开始大规模地寻找棋癫子，并在报上、电视上登了广告，说一代国手乃国之瑰宝，突然失踪令人痛惜。这样说说无关痛痒，自然不会引起广泛重视。几天后，刘白和雁南商讨，说得付出代价，便重登广告，特别声明有谁发现，本人愿以彩电一台酬谢。本来人们觉得兴师动众找一个疯子很滑稽，但广告者愿以彩电酬谢，那么棋癫子也就是彩电，兴趣就异乎寻常了。那段时间，小城的人们有意无意都在寻找棋癫子。他应该是很好找的，因为人人都认得，然而最终却像一场骗局，谁也没有找到棋癫子的一根毫毛。刘白愤愤说，真岂有此理，死了也该有具尸体呀。他无法相信棋癫子会这样不留痕迹地消失。小城的人们都把这事淡忘了，他尚不甘罢休，不断去老柳树下守候，期望棋癫子会在某一瞬间突然闪现。这种顽强的寻找，不久之后因刘白的入狱而告结束。

棋癫子就这样如一缕轻烟彻底消失了，至今无人知道其下落，但他留下的《沧桑谱》却震撼了棋坛，以后还将久远地震撼下去。《沧桑谱》的名字是刘白取的，就是他从广场上记下的棋谱。棋癫子自博，一日一局，刘白共记录了88局。令人不解的是88局中没有一局是完谱，都到中盘就中断了，100至150手不等，黑子和白子关系微妙，无从判断优劣。刘白在后记中郑重说，这不是他的疏忽，国手每下至中盘就走了，翌日重新开局。至于什么原因，他也不知道，也许是自博特有的现象吧，终盘必有胜负，然而都是自己下的棋，究竟谁胜谁负呢。也有几谱是自然原因造成的，夏日雷雨多，一下雨地上就积水，将石子淹没，国手虽然照弈不误，但地上水波翻腾，无法看清落子位置，只好如此了。

《沧桑谱》最初是雁南寄给表兄马九段的，马九段阅后认为古今无类，很快就送给《围棋报》《围棋天地》两种报刊分别发表，同时出版单行本，由他作序，叙述国手简历。对棋谱本身，马九段只泛泛赞叹为伟大的杰作，没有细加讲解，这是他的聪明之处。一个月后，日本几乎所有的棋类报刊都部分转载了《沧桑谱》，并且也出了单行本。又一个月后，早已隐退的吴清源先生发表评论，称颂《沧桑谱》得道家真趣，入逍遥之境，无为而无不为。从境界上看，棋谱是完美无缺的，没有后半盘，正像中国传统山水画里的留白，魅力无穷。吴先生最后追忆了国手年轻时的音容笑貌，说人世沧桑而棋道恒一。此后，《沧桑谱》的棋风顺理成章地被命名为"逍遥流"，模仿研究者日众。短短几年，《沧桑谱》已有二十余种版本，见仁见智，众说纷纭，恐怕要成为棋坛的《红楼梦》。

给《沧桑谱》抹上最后一笔悲剧色彩的人是刘白。《沧桑谱》轰动之时，正是他身陷囹圄之日。这之间冥冥中的联系，确有点玄。

七

也就是期待棋癫子重新出现的某日，刘白从老柳树下毫无目的地往北走去，进入一片新盖的居民区。这地方他没来过，所以免不了东看西看。忽然一个五岁上下的小女孩吸引了他，他觉得那女孩长得清秀，幼稚可爱，长大一定很动人。小女孩一个人立在日光下，一只小手很有兴味地按着另一只手心揉搓。揉一会儿，撮起手心里的东西眯眼细看，刘白看见小女孩玩的原来是一粒棋子，白的，那白子质地清纯，磨得柔嫩滋润，仿佛透明，又不反光，很不同于通常的棋子，好像妇女颈上卸下的玉制饰物。刘白来了兴趣，就过去问，小朋友，你手里玩什么好东西呀？

小女孩见刘白满脸笑容，小声地说，棋子呢。

真好看，给叔叔看看好吗？

小女孩大方地将棋子塞给刘白，刘白揉揉看看看看揉揉，确定是粒玉制棋子，喜不自禁，马上联想到棋癫子失踪多年的祖传之物，想不到今天在这里出现了，那么棋癫子失踪肯定和棋具有关，他一定也是发现自己的传家之宝而去追寻了……

叔叔，叔叔，你也喜欢棋子吗？

刘白激奋得忘了身边还有小女孩，赶紧说，喜欢，喜欢极了，告诉叔叔哪里来的？

自己房间里捡的。

还有吗？

没有了，就一粒。

送叔叔好不好？

你给我买泡泡糖。

好。

再买一辆小汽车。

好。

小女孩高兴得拍手大叫，爸爸，爸爸，有个叔叔给我买泡泡糖还买一辆小汽车，我不要你买了，爸爸，爸爸，坏爸爸。

屋里的爸爸说，是哪位叔叔，不许买。

不许你管，是位新叔叔。

那人听说新叔叔，从屋里出来，朝刘白不知所以地笑笑。小女孩过去说，这位叔叔要我送他棋子，他给我买小汽车。

刘白说，这棋子很漂亮，你一定也是个棋迷吧？我叫刘白。

你就是刘白？久闻大名，听说你棋下得很好。

见笑。能否把你的棋具借我看看？开开眼界？

其实也很平常。那人进屋去端了两盒围棋出来，塑料罐子装的，刘白掀开一看，是随处可见的磨光玻璃制品，说，不是这副，跟这粒棋子不一样。

我就一副棋。那人看看刘白手上的白子，确实比盒里装的可爱得多，就沉默了。

你听说过没有？广场上的棋癫子有副祖传的棋具，白子是白玉磨的。黑子是琥珀磨的，价值连城。

的确听说过。

刘白夹起白子目光逼人说，这粒白子就是白玉磨的，就是那副棋子中的一粒。

那人听了勃然大怒，指着刘白骂道，你的意思是我抢了棋癫子那副棋具？岂有此理，血口喷人！那人恶恶地一把夺过刘白手上的白子，走回屋去，出来砰的一声关门，抱起立在一旁发傻的小女孩，理也不理刘白走了。

刘白自语道，哼，你不要装模作样，你走得正好，看我搜出那副棋具，你还有什么好说。刘白哼完就去敲门，确证里面无人，寻了一块铁皮当工具，弄开门，进入房间，反锁了房门，翻箱倒柜折腾半天，撬开所有锁着的柜子和抽屉，却是不见棋癫子的祖传之物。刘白搜寻得大汗淋漓精疲力竭，对着被他倒腾得乱七八糟的房间骂，活见鬼，藏哪里去啦？

刘白拿了那粒玉磨的白子赶回家里，心急火燎向雁南叙述了整个过程，雁南听了脸铁青道，天下真有你这样的笨蛋，你不知道你在犯罪？

刘白说，做也做了，先不想这些。我猜测这里面隐藏着一件骇人听闻的谋杀案，棋癫子失踪绝对和棋具有关，他发现后一定想方设法拿回，那人心狠手辣，把他杀了，并且毁尸灭迹，棋癫子肯定完了，围棋史上最伟大的大师遭人谋杀了，真令人痛心疾首。

雁南说，走，我们上公安局去。

刘白庄严地向警察讲述了事情经过和自己的推理，义正词严要求他们侦破国手失踪案，以告慰国手于泉下。警察听后也像雁南一样问，你不知道你在犯罪？

平时知道，当时忘了。

你讲的基本属实，那人已经报案了，说你还拿走了三千元钱，你拿没有？

没有。房间里好像是有钱，不过我没注意，我只拿了一粒棋子。刘白把白子交给警察，补充说，这是重要线索。

好了，国手失踪我们会立案侦破，谢谢你的合作。但很遗憾，你已经触犯刑律，我们必须把你关起来。

好。我再声明一下，钱我没拿，不能污人清白。那人怎么这样下流，居然诬告我偷钱？现在还不能证明你没拿，我们会查清楚的。

刘白被带进监牢，进门先闻到一股浓重的厕所味，被熏得感冒似的打了一个喷嚏。他看见犯人都把光头埋在腿弯里默不作声。警察锁门走后，忽地一人弹上前来，朝他劈头盖脸就是一拳，打得他嘴里涌上腥味。他舔了舔嘴唇茫然地看他们哄笑，其中一人眼珠子一轮，又有三人同时蹿上，二人按了臂膀，一人在他身体上下乱搜，搜完了，下作地朝他胯下不轻不重捏了一把，大家又是哄笑，笑足便审问犯人般要他交代"进宫"经过。刘白让他们惹得恼火，说等我有兴趣时再说吧。也好。大家说着先后伸出臭脚泡入一个脸盆互相铲，铲了片刻，一人端了洗脚水迫他喝下，刘白见洗脚水墨黑，一层油垢厚积着，气味逼得人要吐，才体验到监狱为什么恐怖，就明智地改变态度，笑道，这个怎么能喝？

不能喝才要你喝，这是规矩。

免了吧，大家都是难兄难弟，何必这样，我给诸位讲个故事，怎么样？

先讲吧。

大家要不要听下棋的故事？

谁要听！讲荤的，讲得好可以免喝。

男女之间的荤话，刘白有很多现成的，以前当作家时，文人相聚经常说这些逗乐。刘白挑了几则含蓄而又充分体现中国人幽默感的说了，这方面犯人悟性都好，大家听了相当满意。刘白出狱后说，后来大家就患难与共了，倒也蛮有意思。

刘白交给警察的那粒白子，经过科学检测，证实是磨光玻璃，并非白玉制品，只是经小女孩揉搓，色泽起了变化，感觉上确乎像玉。重要线索如此谬误，刘白因此入狱的国手失踪案也就不了了之。后来刘白也反省说，当时自己可能有点走火入魔，忘了棋癫子早已不用棋具，即便发现了自家祖传之物，也未必会在意。把国手失踪假设为骇人听闻的谋杀案，恐怕只能发生在侦探小说里。

八

刘白入狱后，不断受到审讯的是那三千元钱，这使他感到受辱，时常要跟审讯者吵起来。三个月后，被刘白搜家的那人上公安局说钱找回了，掉在柜子的夹缝里，这才真相大白。

刘白出狱那日，天下了大雪，有许多人早早立在薄薄的雪地里，准备迎接他。雁南抱了孩子站在看守所的铁门前，雪花一阵紧一阵落到他们身上。七点三十分，刘白光着一个脑袋出来，大家见着都默笑了，刘白见那么多人看他默笑，有点尴尬。雁南上前，说受苦了吧？还行。雁南便催孩子叫爸爸快叫爸爸，孩子怯怯地看着刘白，往雁南怀里躲，刘白伸嘴去亲了一口，正想抱他，孩子就哭了。刘白讪讪道，认不得老子啦？说着转向大家，大家就纷纷围拢来问寒问暖，刘白发觉圈外还立着一圈陌生的脸孔，不解他们干什么也来接他，又不好意思问，只好先表示感谢，抹抹光头上的雪水说，谢谢大家，有那么多人接，我倒像个凯旋的英雄了，真不好意思。雁南把一件灰色呢大衣披在他身上，又替他戴上一顶绅士帽，刘白形象就改观了。雁南说，你今天最想干什么？

刘白想也不想说，下棋。

好，表兄等你呢，我们走。

他来啦？这么巧！刘白白里透青的脸上很兴奋。

马九段是雁南个人邀请的，好让刘白一出狱即和表兄对上一局，以慰狱中的苦辛，后经中国围棋协会和当地政府的参与，场面就变得空前隆重了。由于《沧桑谱》震撼棋坛，棋癫子又不幸失踪了，人们就把荣耀都加到刘白头上，安排在出狱那天，有同情的意思，也是雁南的用心。这是他当时不知道的。

刘白走进体委会议室，发现里面坐满了当地党政头面人物，而毫无下棋的意思，吃惊道，这是什么意思？雁南说，大家欢迎你呢。正惶惑间，表兄前来握手，说又见面了，祝贺你。接着市委书记握手接着市长握手，刘白手伸外面只觉得发僵，接着被热烈地推上主席台就座，市委书记吹吹话筒宣布会议开始，接着市长代表当地政府致辞。刘白不知所措地坐在主席台上，迷迷糊糊耳朵似乎漏风，只嗡嗡听得有人鼓掌有人说话，却不清楚说什么，等他逐渐清醒过来，适应了这种气氛，已是马九段在讲话了。马九段说，众所周知，没有刘白，就没有《沧桑谱》，刘白对围棋事业的贡献是不言自明的，有鉴于此，他代表中国围棋协会授予刘白杰出贡献奖。授奖毕，主持人市委书记请刘白发言。刘白持着话筒，见那么多人那么严肃地听他说话，突然觉得无话可说，将话筒送回去，说免了吧。市委书记又将话筒送回来，说不能免，讲几句。刘白只得应付，清清嗓子说，真是受宠若惊，一小时前我还是囚犯，想不到现在坐在这里，好像很荣耀，谢谢大家。

散场后，刘白发牢骚说，莫名其妙，下棋就下棋，搞什么名堂！

雁南说，还怕没棋下？要不要让子，你想想。

刘白掀开大衣掏出一团纸揉开，说，这是我在狱中画谱自博的棋谱，拿给表兄看看，他知道要不要让子。

马九段和刘白对局，虽然是纪念性的，只表示友谊，不是正式比赛，但当地体委为了尊重马九段，完全按照正式比赛的规格，有裁判有记录，还挂盘以满足棋迷兴趣，唯一缺憾的是因为缺乏合适人选，没有讲解。照雁南的意思，马九段原准备授二子，实际上是一盘指导棋。刘白拿来棋谱，马九段说，看看也好，知己知彼。五分钟后，马九段脸上现出惊异的神色，改变主意说，我们猜先吧。

刘白说，好。

这盘棋刘白幸运地猜到黑子。他突然觉得对局室有点热，脱了帽子露出光头朝表兄笑笑，礼节性地将一颗黑子放到对方星位上。

马九段看看刘白，然后视线缓缓上升直到天花板，习惯性地支起双手托住下巴，旁若无人地进入沉思，跟雁南描述的他小时下棋模样无异。这确是大棋手才有的风度。刘白感到心里发紧。十七分钟后，马九段伸手摸子，以他拿手的小目开局。事后马九段说，这段时间他脑子里盘桓着刘白狱中画谱自博的形象。

马九段一起手就长考，自然给对局造成异常紧张的气氛。但是接着两人却意外地落子如飞，不到半个小时，就下了50手，这或许是一种心理战术吧，你快我也快，很是胸有成竹。至54手，马九段率先停下长考，马九段又手支下巴，眼珠子朝天，手指间却不停地玩弄着一颗白子。这手棋马九段用去两个小时，外面的棋迷见里面久不落子，就前前后后赶回家吃饭，纷纷说刘白确是怪才，能逼得马九段这样长考就不得了了。

这漫长的两个小时，刘白脱离了棋盘，拿过记录的棋谱一动不动伏那里看，光头上袅袅地冒出热气。他又回到了画谱自博的状态，忘了是跟马九段对局，不觉间，伸出食指用指甲在谱上画了一圈。这个细节马九段没有看见，他们一仰一俯，谁也不看谁。两个小时后，马九段从容地把白子下到盘上。记录者诧异地发现马九段的54手，正好落到谱中刘白画的圈内。

马九段和刘白对局，人们原以为胜负是不言而喻的，可看的只是过程，现在居然出乎意料地不分伯仲，立时兴趣倍增。挂盘本来放在会议室里，下午人越聚越多，不得不移到体委大楼门前的空地上。这时雪止了，大家立在雪地上不断地跺脚驱寒，很快把积雪给跺烂了，稀里糊涂汪汪一片，大家就不断跺着一汪污水看棋。进入中盘，局势越发微妙，马九段已经读秒，落子飞快，却接连施放胜负手，显示了马九段深奥的功力。现在是考验刘白的时候了。很长时间黑子没有动静，大家都静场翘首以待。这时，人缝中挤入一人，很突兀地大声问，刘白是不是在这里下棋？大家别转脸看，正要发话，那人又大声说，他的电报。雁南说交给我吧。那人急急把电报递给雁南，表情晦涩一言不发就走了。

电报是刘白老家打来的，说母丧速归。雁南捏了电报只是发木。大家便问怎么回事，雁南说，没什么事。这时，刘白下楼来小便，人群自动闪出一条路来，刘白毫无表情地穿过积水，到外面雪地上，也不管是否有人看见，掏出小东西嘶嘶一会儿，又毫无表情回去，雁南默默地跟他上楼，到走廊拉住刘白沉痛地说，刘白，刚接到电报，你母亲过世了，怎么办？雁南见他木木的没有反应，又说，你母亲过世了，怎么办？刘白喉咙滚动咕噜了一下，好像咽下一口痰，却什么也没说，失血的脸孔毫无表情地朝对局室走去。

刘白关了门，若无其事坐到棋盘前，又想了一个小时，才沉重地将黑子按到盘上。这手棋他用了两小时十三分，此后两人都进入读秒，弈至264手，马九段见刘白读秒也不出错，吸一口长气，气度不凡地投子认输，说，差半目。刘白手里捏着黑子，闭了眼睛，坐那里木然不动，脸上现着哀伤的神色，马九段觉得怪异，谁赢了棋都喜形于色，他怎么反而悲伤？细看刘白眼皮缓慢地鼓胀着，有两颗泪珠子鼓破眼皮即将滑落，马九段以为他大喜若悲，欣喜道，好，有风度。我为棋坛增添你这样的奇才而感到衷心的高兴。你的棋师承《沧桑谱》，又有独创之处，动极静极，自成一派，前途不可估量。马九段说到此处，听得刘白喉管咯咯作响，以为他要说话，就做凝神静听状，不料刘白却抱了光头大哭起来，泪珠子不断线地滚到棋盘上。这时雁南闻声进来，

扶了刘白，含泪说，表兄，两个小时前接到电报，他母亲过世
了，我在外面告诉他，你不知道。

马九段静观刘白，肃然道，这才是真正的棋士呀。

《青年文学》2000年第11期